INVENTAIRE
e 2521

I0639080

POÉSIES

DIVERSES

DE L.-P. DESABES

ANCIEN DÉPUTÉ

PARIS

IMPRIMERIE BÉNARD ET Cⁱᵉ, SUCC. DE LACRAMPE

2, RUE DAMIETTE

—

1854

INTRODUCTION.

BIBLIOTHÈQUE

Soit lors de la retraite des Français abandonnant le royaume de Valence en 1813, soit lors de mon voyage par mer de Barcelonne à Valence en 1830, soit enfin depuis et en visitant quelques points de la Catalogne, j'avais plusieurs fois aperçu de loin les pics nombreux et fantastiques de Monserrat, et chaque fois je m'étais dit que ce devait être une montagne curieuse à visiter. On ne sera donc pas surpris du plaisir que j'éprouvai lorsqu'à mon dernier voyage à Barcelonne on m'offrit de me conduire à Monserrat.

C'était au mois de décembre 1853. Favorisés par un beau temps, nous passâmes deux jours au couvent de Monserrat, visitant le monastère, parcourant une partie des sommets de la montagne, reconnaissant quelques-uns des nombreux ermitages qui existaient autrefois parmi les rochers de Monserrat.

J'ai essayé de retracer dans les vers que je publie les différents aspects sous lesquels cette célèbre montagne s'est présentée à mes yeux et à mon esprit et les diverses impressions que j'y ai ressenties. Un séjour de quarante-huit heures dans ces lieux n'avait pu suffire pour m'en donner une idée exacte et me faire connaître tous les faits historiques qui s'y rattachent, et je fus heureux de trouver dans la bibliothèque de mon hôte un ouvrage de Victor Balaguer en deux volumes ayant pour titre *les Moines et leurs couvents*.

Un chapitre de cet intéressant ouvrage est consacré au monastère de Monserrat, et l'auteur y annonce qu'il sera concis pour ne pas trop se répéter et redire tout ce qu'il a déjà raconté à ce sujet dans des feuilletons de journaux réunis depuis en un volume. Je me suis procuré ce volume, et j'en ai traduit les principaux passages.

Cette traduction précédera ma pièce de vers et suppléera ainsi aux détails que je ne connaissais pas ou dans lesquels je n'ai pas jugé bon d'entrer.

Cependant ne voulant pas laisser ignorer au lecteur l'esprit dans lequel fut conçu le livre de Victor Balaguer sur les moines et leurs couvents, je mettrai d'abord sous leurs yeux l'introduction qui se trouve en tête de cet ouvrage.

J'ajoute que cet auteur étant originaire des environs de Monserrat et paraissant y avoir passé une grande partie de son enfance, on doit avoir une entière confiance dans ses narrations sur ce sujet.

LES

MOINES ET LEURS COUVENTS,

LEUR HISTOIRE,

LEUR DESCRIPTION, LEURS TRADITIONS, LEURS COUTUMES, LEUR IMPORTANCE,

PAR D. VICTOR BALAGUER.

-o◆ᗒ)O(ᗕᗑ◆o-

INTRODUCTION.

Un éminent voyageur que nous rencontrions un jour, et qui avait visité presque toutes les nations du globe, nous disait, en résumant ses principaux voyages :

« L'Orient est un palais, la France une forteresse, l'Italie un jardin, l'Espagne un cloître. »

Cette poétique expression est une vérité. C'est pourquoi, parmi tant d'ouvrages qui se produisent, nous avons toujours regretté de n'en remarquer aucun qui se consacrât à rappeler l'importance des moines, l'influence qu'ont exercée dans l'histoire les ordres monastiques et la grandeur de leurs couvents.

Nous osons nous présenter humblement pour combler cette lacune. Par le burin et avec la plume nous ressusciterons leur passé, nous parlerons de leur état présent, nous reconstruirons leurs monastères, ces immenses et fastueux palais, livres gigantesques de pierre, qui, après avoir résisté d'un front serein aux tempêtes de tous les siècles, ont fini par s'écrouler, pour la plupart, sous la torche incendiaire, ou sont tombés pierre à pierre sous le marteau de l'ouvrier.

La génération qui vient de naître, qui s'éveille, qui s'agite, avide d'instruction et d'enseignement, ignore l'histoire des moines et de leurs couvents, à laquelle cependant on peut bien dire que se rattache l'histoire du pays. Aussi ceux qui aspirent à la connaître doivent-ils s'aventurer dans le dédale des bibliothèques, remuer la poussière des archives, rester de longues heures penchés sur des volumes d'un triste aspect et d'une lecture somnifère, heureux encore si, pour prix de tant de peines, ils parviennent à trouver un seul jalon qui puisse les guider dans leurs études.

Eh bien ! cette histoire, nous l'offrons tout entière réunie dans cet ouvrage. Nous parcourrons un à un les couvents les plus renommés, comme si nous feuilletions les pages d'un grand livre, et nous nous arrêterons aussi bien devant un portail emblématique sur lequel nous lirons un passé précieux pour les arts, que devant un cloître solitaire, à travers les colonnes duquel pénètrera la pâle lueur de la lune pour se refléter sur le sombre visage d'un moine qui le traverse, une lanterne à la main, ou pour se heurter contre le manteau du mystérieux chartreux qui, à une heure avancée de la nuit, va creuser son tombeau. Nous saluerons avec respect le solitaire au front chauve, à la barbe longue, qui par son austère vertu aura conquis la gloire éternelle, comme nous donnerons une larme à celui qui alla ensevelir dans la tombe d'un cloître le feu d'un cœur enthousiaste, ou éteindre le foyer de passions tumultueuses dans le fond d'une cellule ; mais nous n'oublierons pas, en passant, d'adresser un salut et un souvenir aux nombreux héros qui troquèrent leur luxueuse armure de bataille contre la chétive bure du pénitent, et qui déposèrent leur épée au pied des autels du Seigneur, cette épée qui les aida à parcourir une carrière de hauts faits, pour se revêtir du cilice qui devait leur ouvrir le chemin du ciel.

En un mot, nous recueillerons, ici une pieuse tradition, là une merveilleuse légende ; tantôt, avec l'histoire d'un couvent, nous raconterons quelques-unes des plus curieuses époques de l'histoire de la nation ; tantôt nous demanderons aux échos d'un cloître de nous dire combien il étouffa de soupirs, que de larmes il vit couler, les passions qu'il comprima, les prières qu'il entendit, les intrigues qu'il surprit, les austérités et les mortifications dont il fut témoin.

L'auteur n'ignore pas que l'histoire des couvents pourrait se présenter sous deux aspects distincts, qu'on pourrait écrire sur ce sujet deux livres bien différents ; il sait que beaucoup de chroniques, beaucoup d'ouvrages et plusieurs auteurs ont appelé d'une voix indignée l'anathème du Dieu juste et miséricordieux sur les lieux mêmes où il était vénéré, sur les édifices construits seulement pour la prière, pour l'expiation et pour la pénitence.

L'auteur de cet ouvrage ne s'en occupera pas. Ce qu'il se propose de faire, c'est uniquement une excursion de pélerin et de poète à travers la vie monastique.

Il aura recours à l'histoire, et appréciera à sa véritable valeur la vie du cénobite qui, éloignant l'homme des intérêts et des passions terrestres, l'obligea à employer en œuvres d'intelligence la somme de forces dont il pouvait disposer.

Il aura recours à l'histoire, et pensera qu'il y eut un temps où les couvents furent des bibliothèques fortifiées qui nous conservèrent les trésors de la littérature et de la science, trésors qui eussent été perdus dans la poussière des champs de bataille, si le cloître ne se fût pas trouvé là pour les recueillir et les protéger de son inviolabilité. Il aura recours à l'histoire, et racontera les grandes actions, les grands événements, les tendres vœux qui furent l'origine de beaucoup de ces établissements religieux, dont les arts s'énorgueillirent, et qui furent l'admiration des siècles mêmes qui les virent naître.

Il aura recours à la philosophie, et appréciera les hommes et les choses qui ont joué un rôle dans les cloîtres ; il y rencontrera la foi dans la solitude, la prière dans le silence, la résignation dans la pénitence, la grandeur dans l'humilité, la gloire sous la bure, et saluera avec tout l'enthousiasme du poète et du chrétien, tous ces dignes anachorètes qui, par la prière, le jeûne, le travail et les mortifications, ont gravi la côte aride et épineuse du sacrifice qui touche au royaume de la perfection chrétienne.

Il aura recours à la chronique, et enregistrera les mystères sacrés, les belles légendes, les traditions dramatiques, les pieuses allégories qu'un couvent présente dans ses annales.

Il aura recours enfin à la poésie, et elle lui dira les faiblesses du cœur qui palpite sous la bure, les mystères de l'âme consacrée à l'amour divin ; elle lui parlera des soupirs de douleur de l'anachorète réfugié au fond d'une caverne inaccessible, ou des larmes dont forme un linceul, pour son coupable amour, le novice se retirant du monde pour pleurer son infortune dans les entrailles d'un cloître ; elle lui dira, en un mot, toute la résignation qu'on peut trouver dans le martyre, toute l'histoire intime qui peut se rencontrer dans un gémissement, toute la grandeur qui peut éclater dans la plainte.

C'est là tout ce que fera l'auteur de cet ouvrage ; des deux genres d'ouvrages auxquels se prête l'histoire des couvents, voilà le seul qu'il écrira.

L'autre livre reste à faire. L'auteur l'abandonne à une plume moins religieuse ou plus audacieuse.

Oui, il est vrai qu'il exista des couvents qui provoquèrent l'indignation de plus d'un concile ; oui, il est vrai qu'il exista des moines indignes condamnés par la justice des évêques et des papes ; oui, il est vrai que des cloîtres licencieux ont oublié les règles sublimes de leurs premiers fondateurs et de leurs premiers martyrs ; tout cela s'écarte entièrement du but auquel tend cet ouvrage : l'auteur ne raconte pas comme historien, mais il voyage comme pélerin, et chante comme poète.

COURTE RÉFLEXION SUR L'INTRODUCTION QU'ON VIENT DE LIRE.

L'auteur dit qu'un autre livre reste à faire sur les couvents, et qu'il l'abandonne à une plume moins religieuse ou plus audacieuse.

Il se peut que cet autre livre n'existe pas en Espagne, où l'inquisition et l'intolérance religieuse en auraient interdit la publicité ; mais il n'est aucune autre nation de l'Europe qui ne compte plusieurs auteurs de livres dévoilant les abus des ordres monastiques, et l'on pourrait même au besoin consulter l'histoire ecclésiastique, où l'on trouverait, quoique fort atténués, nombre de faits qui révèlent les désordres de beaucoup d'établissements religieux.

Non, cet autre livre ne reste plus à faire, sinon peut-être en Espagne ; et serait-il à faire, qu'on rencontrerait difficilement aujourd'hui, non pas une plume assez peu religieuse ou assez audacieuse, mais une plume assez lâche pour s'acharner à un cadavre qui ne peut plus ressusciter.

MONSERRAT,

Souvenirs traditionnels et historiques de ce monastère et de cette montagne,

PAR D. VICTOR BALAGUER.

TROISIÈME ÉDITION.

Barcelonne. — Imprimerie de Brusi, rue de la Librairie, nº 22. — (1852).

AVERTISSEMENT.

En publiant une série d'articles sur Monserrat dans le journal de Barcelonne, l'auteur était loin de s'attendre à les voir aussi favorablement accueillis du public, au point qu'une deuxième édition s'est trouvée épuisée en peu de temps.

L'auteur pense qu'il doit ce résultat moins à lui-même qu'à la bonté du sujet qu'il a traité. Sa personne est trop insignifiante et ses écrits trop médiocres, pour lui avoir mérité un triomphe aussi sympathique.

Il lui reste toutefois l'inexprimable satisfaction d'avoir fait connaître ce fameux couvent et cette poétique montagne, et d'avoir ressuscité les traditions déjà oubliées, en puisant dans les chroniques et en recueillant de la bouche des vieillards les légendes prêtes à se perdre et à disparaître, étouffées par le positivisme du siècle.

Si l'auteur est satisfait d'une chose, c'est d'avoir servi sa patrie.

Cette troisième édition est augmentée de plusieurs nouvelles et de quelques légendes qui ne se trouvent pas dans les précédentes, et est suivie d'une description des grottes de cette montagne que l'auteur visita avec plusieurs de ses intrépides amis dans le mois de mars de cette même année.

Barcelonne, 1er octobre 1852.

I

A mon Ami D. Jean Mané.

Monastère de Monserrat, le 19 août 1850.

Tu le sais déjà, mon ami ; je te le confiai avant ton départ pour cette coquette Cadix qui, suivant la poétique expression de l'un de nos camarades, ressemble à un navire prêt à mettre à la voile. Je te le dis avant ton départ pour ces jardins d'Andalousie, pour ces magnifiques tapis de fleurs tendus sous un poétique toit d'étoiles. Je te le dis... et me voici dans ces montagnes, au milieu de ces solitudes, dans cette Thébaïde catalane, face à face avec ce géant de pierre qui, plein d'orgueil jusque dans son cercueil, s'est creusé un tombeau sous ses propres décombres.

Notre vie commune et agitée de journalistes nous a conduits tous deux, pauvres et infortunés naufragés, pauvres et errants missionnaires de la presse, nous qui avions déjà fermé la porte de notre cœur à tout, nous a conduits, dis-je, toi, à la recherche des émotions, moi, à celle des souvenirs ; toi, philosophe et penseur, sur les traces des coutumes des peuples pour les analyser avec ton scapel de critique ; moi, poète et enthousiaste, sur les traces des légendes et des traditions de notre bien-aimée Catalogne ; toi, courant après la vie de la science, moi, après la poésie de la vie ; tous deux cherchant un peu de cette brise rafraîchissante et consolatrice qui murmure loin des villes, et que nos cœurs malades ont été respirer, comme le calice de la rose aspire la rosée du matin qui couvre de perles ses pétales purpurins.

Pour ma part, je te le confesse, mon ami, l'effet a été magique. J'avais les pieds abîmés de cheminer par ce sentier qui conduit de la science au doute, et je regrettais avec remords les vingt-sept grains laborieusement et infructueusement détachés de l'épi de ma vie.

Comme une encre incolore qui ne laisse sur le blanc papier

aucune trace de caractères, ma vie, dans ses jours monotones, n'a laissé aucune trace de son passage.

J'avais besoin de penser et de croire. J'ai pensé et j'ai cru.

Que je te plains ! ... Tu ne sais pas ce qu'est le *salve* à huit heures du soir, dans ce monastère cent fois historique, au milieu de ces gigantesques orgues de granit, parmi ces vénérables ruines d'où surgissent deux tours jumelles comme deux bras de pierre, qu'à la lueur de la lune et avant de s'endormir la Thébaïde des ballades de la montagne élève vers Dieu.

Tu ne sais pas ce qu'est le *salve*, le lys des cantiques chrétiens, entonné à cette heure de la nuit, sur la cime des rochers, par neuf religieux solitaires qui n'ont pas craint de venir s'enterrer vifs sur les tombes des morts ; dont la foi évangélique, dont l'amour pour la solitude, les a fait revenir, pauvres et dépouillés, à ce chétif et pauvre nid d'aigles religieux.

Oh ! non, tu ne sais pas, mon ami, toute la poésie qui s'exhale de ce cantique qui dit adieu au jour expirant et salue la lune naissante ; tu ignores toute l'extase des mystiques et ineffables délices dans lesquelles se submerge ici le prolongé soupir murmuré par l'orgue, accompagnant les voix de ces solitaires du cloître, qui résonnent sous les voûtes du temple, et qui, répétées par les fidèles échos de la montagne, vont planer en bourdonnant sur les ermitages déserts, comme un essaim d'abeilles sur un massif de fleurs, ou comme un chœur de chérubins sur le front de la vierge endormie.

Après avoir entendu ce *salve*, après avoir assisté à ce rosaire que chaque soir entonnent aux pieds de la vierge de Monserrat neuf moines solitaires assistés seulement de trois desservants, triste reste d'un monastère fécond en personnages illustres et d'une école fertile en professeurs de musique, j'ai traversé silencieusement, au clair de la lune, les ruines de l'antique cathédrale des montagnes.

Que veux-tu que j'aie lu alors sous cette foule de gracieuses colonnes éparses sur le sol et qu'il m'a fallu franchir pour m'ouvrir un passage ? Que veux-tu que j'aie vu dans ces ogives dépourvues de leurs cristaux peints et symboliques, sur ces tas de piédestaux veufs de leurs statues, sur cette suite de voûtes à demi-ruinées, seul et unique linceul survivant et couvrant de ses ombres les décombres, comme un saule solitaire étend ses branches larmoyantes sur les pierres tumulaires ? Que veux-tu enfin que m'aient dit tous ces sépulcres sacrilégement profanés peut-être dans l'espoir de trouver dans leurs entrailles de chimériques trésors, et ces cendres illustres jetées au vent au bruit des bachiques applaudissements des hordes guerrières?

J'ai senti tout ce que la plume ne peut rendre, tout ce que la pensée est impuissante à exprimer.

Un douloureux souvenir a plongé mon âme dans la méditation; j'ai évoqué les jours de ma turbulente enfance, passée ici même en grande partie, et, souvenir d'enfance! je me suis rappelé l'époque où, excédé de fatigue et hors d'haleine, je gravissais ces mêmes rochers et je courais frapper à la porte d'un ermitage, pour me figurer le spectacle de ces petits innocents oiseaux qui allaient manger les mies de pain dans la main d'un pénitent à barbe blanche et épaisse.

Oh! demain j'irai à la recherche de cet ermitage, et, à coup sûr, je le trouverai.

C'est alors que tous mes jours passés se sont déployés à ma vue, comme apparaît la plaine, qu'il vient de parcourir, au voyageur parvenu au haut d'une colline, et qui regarde derrière lui.

Alors j'ai vu que tous mes jours étaient allés se démolissant les uns sur les autres, comme les pierres de ce monastère, et alors je me suis dit que si je voulais les mettre à profit, c'était pour moi un pieux et saint devoir de reconstruire avec les yeux de la mémoire l'édifice que chantent nos ballades et que vantent nos chroniques, avant qu'il ne soit pour toujours enseveli dans le sein des noires ombres de l'oubli; je me suis dit que c'était un devoir pour nous, poètes chrétiens et catalans, de léguer à nos enfants l'histoire des monuments protégés par nos pères, et de recueillir une à une, comme les graines tombées d'un collier de perles, toutes les traditions et les légendes sur le point de s'évanouir avec le peu de vieillards qui nous restent, si nous ne nous empressions de les recevoir de leurs lèvres moribondes.

Dans ce moment-là même je me suis rappelé, et toi-même tu dois t'en souvenir aussi, ce que l'un de nos amis, notre Mécène à tous deux, nous dit un jour :

« Les traditions s'en vont; les traditions se perdent comme se perd l'eau limpide et pure qui sort de la source d'un rocher. « Personne ne s'occupe de recueillir ces traditions, comme personne ne pense à profiter de la source de la montagne. Quelque voyageur étranger s'arrête parfois et par hasard au pied

« des ruines d'un château féodal ou à la porte d'un monastère
« abandonné.—Quelle est l'histoire de cet édifice? demande-t-il.—
« Son guide l'ignore. Nos guides ne savent aucune histoire. L'é-
« tranger s'informe et s'enquiert. Par hasard on lui dit que quel-
« ques anciens livres parlent de ce qu'il désire savoir, mais il ne
« reste malheureusement que peu d'exemplaires de ces livres, et
« encore dorment-ils du sommeil de l'oubli dans le coin de la
« bibliothèque d'un particulier plus opulent qu'érudit. Du reste,
« qui lit les anciens livres? L'étranger s'éloigne, et, à son retour
« chez lui, il invente une histoire sur les ruines de ce château
« féodal, ou raconte un miracle d'où il fait partir la construction
« de cet antique monastère. Si nous ne savons raconter aux
« étrangers les traditions de nos contrées, l'histoire de nos mo-
« numents, quels sont ceux d'entre eux qui les raconteront pour
« nous ? »

Notre ami avait raison.

En attendant une plume plus exercée, pourquoi la mienne n'entreprendrait-elle pas cette tâche? Et puisque je me trouve dans le lieu privilégié des ballades, puisque je foule le pays des traditions, pourquoi ne pas commencer par les traditions du pays?

L'accueil fait il y a peu de temps à mon *Excursion à Saint-Michel du Fay*, m'assure d'ailleurs que le public lira avec intérêt ces nouvelles traditions, et qu'il me suivra avec curiosité dans le voyage que je lui propose de faire à l'un des sites les plus fameux et les plus historiques de notre vieille Catalogne.

Monserrat est célèbre dans le monde entier ; c'est peut-être le monastère dont le seuil ait été foulé par le plus grand nombre de rois. Et, Jérusalem espagnole, son temple a attiré de toutes parts de religieuses caravanes, de pieux pélerins, alors que les pierres de son chemin se sont vues plus d'une fois teintes du sang des pieds nus de rois et de potentats qui, en humbles pénitents, ont gravi ses côtes arides.

Monserrat a deux historiens. Leurs ouvrages volumineux, outre qu'ils sont rares aujourd'hui, sont écrits dans le langage diffus et hyperbolique du siècle qui les vit naître.

Et n'en serait-il pas ainsi, qu'il y manquerait toujours les modernes et contemporaines vicissitudes du monastère, et les mille curieuses légendes que ces religieux écrivains purent dédaigner, mais que le poète pélerin doit soigneusement recueillir.

Il résulte de tout cela, mon ami, que tu ne devras pas être surpris si, au lieu d'un article que je t'ai promis, c'est un volume d'articles que je te dédie.

II

Le Rossignol et la jeune Fille.

Un jour le soleil s'obscurcit, les étoiles scintillantes parurent au ciel, la terre trembla jusque dans ses fondements, les murs des édifices s'écroulèrent, les pierres animées roulèrent, les rochers se fendirent, les morts surgirent de leurs tombes, et, frémissant sous les plis de leurs linceuls, interrogèrent l'espace de leurs yeux sans prunelle. . . . . . .

L'homme-Dieu expirait sur le Golgotha, et la terre, par un cri d'agonie, répondait à son dernier soupir sur la croix.

Monserrat ne se contenta pas de frémir ; il voulut porter éternellement le deuil de la mort du créateur : ses cimes élevées se partagèrent, de profonds abîmes s'ouvrirent dans son sein, la montagne tout entière se mit en pièces, et dès lors, Briarée aux cent bras, dans chaque roche isolée, dans chaque pyramide solitaire, dans chacune de ses immenses crevasses, cette montagne laissa, jusqu'à la consommation des siècles, un témoignage de sa douleur.

Touché de ce témoignage, Dieu embellit ces roches avec tout le luxe et la magnificence de la plus riche végétation.

Que d'autres pensent ce qu'ils veulent. Que les uns croient que cette capricieuse division de rochers procède d'un volcan, que les autres en fassent remonter l'origine au déluge; à nous, poètes chrétiens, il nous convient d'admettre la tradition que nous venons de rapporter. Pourrait-on, par hasard, en trouver une plus poétique et plus sainte?

Les Romains, ces maîtres de la terre, ces opulents aventuriers qui promenèrent les aigles de leurs légions dans le monde entier, s'éprirent de cette montagne.

Ils pensèrent qu'à l'abri de ses rochers, protégé par ses murs de granit, ils pouvaient y établir un séjour de délices et d'amours; et ainsi que Napoléon, dix-sept siècles plus tard, pensa que les Alpes seraient un magnifique tombeau pour le guerrier de Marengo, ils pensèrent, eux, que Monserrat serait un magnifique piédestal pour les colonnes d'un temple.

Et Vénus eut un temple à Monserrat.

Depuis lors, sur le plus haut de la montagne, chaque jour retentirent les chants bachiques des filles de Rome, qui, vêtues de légères et onduleuses tuniques, dansaient autour de l'autel et couronnaient de fleurs la statue de la déesse.

La montagne qui, à la mort du Christ, avait vu ses entrailles déchirées de douleur, se voyait condamnée à prêter ses échos pour reproduire les chants idolâtres des femmes prostituées de Rome.

Chaque soir, aussitôt qu'avait disparu du ciel la dernière teinte de pourpre dont le soleil expirant colore les nuages épars, une femme, une jeune fille, une enfant, traversait la plaine, et prenant un sentier qui paraissait n'avoir jamais été foulé par un pied humain, s'introduisait furtivement dans un petit bois de sapin qui prêtait à l'entrée d'une grotte un ombrage frais et parfumé.

Dans un coin de cette grotte, on voyait placée, sur une roche qui lui servait d'autel, une grossière image de saint Michel, fabriquée par un martyr chrétien qu'on avait un jour arraché de sa pieuse retraite pour le conduire au martyre.

La chrétienne jeune fille allait chaque soir se prosterner aux pieds de saint Michel et lui demander d'une voix amoureuse, comme un vœu d'un cœur candide, de vouloir bien en faire une martyre, comme son Seigneur.

Un soir que la jeune fille renouvelait pour la centième fois sa chrétienne supplique, un soir où les arbres balançaient amoureusement leur chevelure au souffle d'une brise caressante, où les fleurs remplissaient de parfums exquis les alentours de la grotte, où la lune y glissait ses rayons et revêtissait d'un manteau de lumière suavement délicate l'image de saint Michel, la jeune fille entendit tout à coup une voix douce et sympathique s'échapper du feuillage et moduler de tendres accents.

C'était la voix d'un rossignol.

Mais, chose étrange! l'oiseau chanteur exprimait des accents que la jeune fille comprenait.

Ainsi chantait le rossignol :

« Tout vient de Dieu et tout retourne à Dieu. En un instant il
« donne la vie à la rose, et en un instant il la flétrit. Il laisse vivre
« l'homme quelques années, comme il laisse brûler une lampe
« dans le fond d'une crypte ; un jour il souffle la lampe, et elle
« s'éteint ; un jour il souffle sur l'homme, et il meurt. Dieu aime
« les prières qui sont la rosée des âmes. Dieu envoie à la jeune
« chrétienne le baume des larmes pour l'attendrir, et le chant
« du rossignol pour l'encourager. »

Et le rossignol alors entonna un cantique si plein de foi, que la
jeune fille sentit son cœur ému, et que d'abondantes larmes roulèrent en perles sur ses joues.

A la nuit suivante, la jeune fille, au moment d'entrer dans la
grotte, vit un rossignol perché sur une branche. A l'aspect de la
jeune fille, le chanteur des forêts battit des aîles.

« Salut, chanta l'oiseau, salut à la jeune fille qui, par amour
« de Dieu, ambitionne la palme des martyrs ! Confiance et espé-
« rance en Dieu ! Un ange a prédit à Abraham que sa postérité
« serait aussi nombreuse que les grains de sable de la mer et que
« les étoiles de ciel ; le rossignol dit à la jeune fille que Dieu, par
« amour d'elle, lui permet de voir de ses yeux toute l'étendue de
« sa colère. »

Et comme la jeune fille, étonnée et ne comprenant pas ce que
lui disait l'oiseau messager du Seigneur, levait vers lui ses yeux
bleus et interrogateurs, l'oiseau continua ainsi :

« Jéricho tombe au son des trompettes du Seigneur ; Sodome
« et Gomorrhe voient s'étendre sur elles le sombre nuage qui
« porte dans son sein l'extermination des peuples. Confiance et
« espérance en Dieu ! La jeune chrétienne doit suivre le rossignol
« du bocage à travers les rochers, comme les Israélites suivaient
« la colonne de feu dans le désert. »

Et l'oiseau causeur, sautant de branche en branche, s'éloigna
peu à peu chantant, toujours dans son langage, les louanges du
Seigneur.

La jeune fille suivit le rossignol.

Ils arrivèrent ainsi à la cime de la montagne, à l'endroit même
où s'élevait un magnifique temple qui envoyait des torrents de
lumière à travers ses colonnes, et d'où surgissaient les chants
idolâtres des prêtresses, qui, à peine voilées par la gaze de leurs
tuniques, dansaient autour de la déesse des amours, versant les

parfums de leurs urnes sur la tête des jeunes bacchantes agrou-
pées au pied des amours de Mars et de Vénus, enveloppés dans
les filets de Vulcain.

Il y avait à peine un instant que le rossignol et la jeune fille
étaient arrivés là, lorsque retentit un grand bruit. Les colonnes
corinthiennes qui supportaient le temple s'ébranlèrent et s'écroulèrent, et sur elles la voûte s'abîma.

Alors la jeune fille put voir s'élever et s'étendre, une nuée
blanche qui se formait sur une roche élevée, s'illuminait d'une
vive lumière de pourpre, se déchirait comme un voile de tulle,
et laissait apparaître saint Michel avec ses aîles diaphanes et son
épée de feu.

Aussitôt, et comme par enchantement, tout ce monceau de
ruines du temple parut couvert d'une épaisse végétation. En peu
d'instants, le temple de Vénus était devenu une masse de rochers
granitiques dans les crevasses desquels croissaient en abondance
les herbes trempées par la rosée du matin.

Cependant saint Michel rentrait dans le nuage qui se refermait
et s'élevait majestueusement du haut de la roche, comme un aigle qui prend lentement son vol dans l'espace, et le rossignol fit
de nouveau entendre sa voix de pèlerin.

« Heureuse la jeune fille à qui Dieu a permis de voir les effets
« de sa colère! Tout vient de Dieu et tout retourne à Dieu. Salut,
« salut à la jeune chrétienne qui croit et espère! Louange à
« Dieu! »

Et la jeune chrétienne tombant à genoux murmura, frappée
d'étonnement :

« Louange à Dieu! »

Telle est la ballade, qu'étant enfant, me chanta cent fois une
vieille femme pour m'endormir dans mon berceau.

III

Disons un mot d'histoire, s'il vous plait.

Après les Romains, ces grands aventuriers, viennent les Goths, ces meurtriers des rois.

Dans un coin de la Judée, là même où le jour prend naissance, déjà le Christ, soleil de la civilisation, type de l'égalité, s'est levé sur l'horizon romain, et la morale pure et jeune de l'Évangile, prêchée par ses douze disciples, germait dans les entrailles de la terre, semée au fond des cryptes par les martyrs, tombait comme une rosée divine sur les peuples chrétiens, répandue du haut de la chaire des saints.

Mais ainsi que les eaux engloutirent la race primitive profanée par le sacrilége, de même le fer détruira la seconde race souillée par la corruption.

L'insoucieuse Rome, qui déjà ne compte plus que des soldats ivres et des femmes passant le jour au bain et la nuit dans les lieux de débauches, Rome se laisse surprendre dans une orgie par Alaric, par cet Alaric qui chasse devant lui les nations à la pointe de son épée comme une horde d'esclaves fustigée par le fouet, cet Alaric qui renverse les armées comme la faux du moissonneur coupe des champs d'épis.

Carthage, la courtisanne, dont les hommes, vêtus comme des femmes, se font couronner de fleurs nonchalamment étendus aux pieds de concubines étrangères, est un jour foulée aux pieds par les Vandales, qui ne prennent seulement pas la peine de jeter derrière eux un regard sur le nid de fourmis que leurs pas viennent de détruire.

Enfin, cinq cents villes sont incendiées, et leurs flammes sont les traces qui signalent le chemin suivi sur la terre par Atila, qui fait traîner son char de triomphe par un attelage de reines prisonnières, et qui donne un roi vaincu pour esclave à chacun de ses lieutenants.

Pendant que le fer purifie toute cette race d'hommes que Rome souveraine, passant un jour à travers le monde comme un fleuve immense, avait réunis sous les mêmes bannières, faisant un peuple de tous les peuples, et un seul langage de tous les idiomes, quelques respectables vieillards réunissent à leur tour tous les débris, et alors que s'évanouit la poussière des champs de bataille, apparaissent les peuples nouveaux embrassant les genoux des pères de l'Église.

Un ouragan avait passé sur le monde, comme si Dieu avait voulu fondre toutes les races dans un creuset. Du sein de contrées inconnues étaient sorties d'innombrables hordes de barbares ; les fleuves avaient roulé des torrents de sang ; des tourbillons de flamme s'étaient élevés de toutes les villes ; les décombres des nations s'étaient entassés les uns sur les autres, et le sang des hommes de tous les pays, mêlé et confondu, avait découlé du glaive terrible du châtiment de Dieu.

Mais comme si toutes les matières fondues ensemble eussent déposé l'or au fond du creuset, de tout ce chaos sortit un champ fécond pour faire germer la virginale et régénératrice doctrine de l'Évangile.

Le monde put s'écrier : *Eureka!* comme Archimède.

L'Évangile dans une main et la croix dans l'autre, les pères de l'Église, à leur tour, parcoururent le monde, et, au rebours du cheval du féroce Atila, sous les pas duquel l'herbe ne pouvait renaître, sur chacune de leurs traces s'élevait un temple.

Chaque village avait sa chapelle, chaque roche son ermitage, chaque montagne son sanctuaire à l'invocation des disciples des saints martyrs.

Cette époque, qui fut comme le mois de mai des siècles, voyait de toutes parts se multiplier les temples comme les fleurs ; les temples! ces ports de la foi, ces maisons du Seigneur ouvertes à l'espérance et à l'égalité de tous les peuples.

Les disciples de Sévère et de Benoît semèrent alors la Catalogne d'églises et de couvents. Le monastère de Monserrat fut de ce nombre.

Quiricio, l'un des moines de saint Benoît, fut celui qui résolut de construire un monastère précisément à la place où l'on disait qu'avait existé le temple de Vénus. Monserrat fut fondé deux ans avant la mort de Theudis, le meurtrier d'Almasonte, et vingt ans avant qu'un roi goth de Catalogne fût le premier roi d'Espagne qui prît les insignes de la royauté, qui revêtît la pourpre, et eût une table distincte de celle de ses vassaux.

Les auteurs ne sont pas d'accord sur le point où fut situé le premier monastère de Monserrat ; mais, selon toutes les probabilités, ce fut à Monistrol, village situé au pied de la montagne. Ils en trouvent l'étymologie dans le mot *monasteriolum*, petit monastère, — *monasteriol*, Monistrol.

Mais, hélas! après les Romains étaient venus les Goths, et après les Goths vinrent les Maures.

Le comte D. Julien, pour venger sa fille déshonorée par Rodrigue, favorisa l'entrée en Espagne des armées des Sarrasins, qui s'y précipitèrent comme des torrents. Huit jours de bataille sur les bords du Guadelete consomment la disparition de Rodrigue et la déroute de l'armée chrétienne.

Lérida saccagée, Tortose vaincue, Tarragone brûlée, avertissent Barcelonne de l'approche d'une horde inconnue , d'une armée innombrable, composée d'hommes singulièrement vêtus, qui exhalent leurs cris de guerre dans un langage étrange que personne ne comprend.

Les temples vont devenir des mosquées, les villes des sérails, et les femmes des esclaves.

La Catalogne pousse un cri suprême d'angoisse, et les voix réunies des vierges du Seigneur s'élèvent en chœur jusqu'aux pieds de l'éternel. Les Sarrasins s'approchent, et les épouses du Christ préfèrent se voir engloutir sous terre plutôt que de perdre leur robe de pureté.

Leurs vœux sont accomplis.

La plus grande partie des couvents disparaissent, et pendant quarante ans les Arabes, maîtres de l'Espagne tarragonaise, entendent sous terre, et à la place même où se dressaient les temples, la voix des cloches qui sonnent l'*Ave Maria*, et les chants des religieuses qui entonnent le *Salve*.

L'intrépide Barcelonne se défend pendant que les ministres de Dieu cachent les images dans les antres des montagnes.

Les temples qui ne peuvent servir aux Maures ni de mosquées, ni d'écuries, sont ruinés de fond en comble ou livrés aux flammes.

Tel est le sort de Monserrat.

Les Catalans, perdus par la flétrissure d'une Lucrèce, ont recours à l'épée du fils d'une concubine.

Charles-Martel leur promet son appui, mais il faut auparavant qu'il chasse les infidèles de son pays qui se trouve aussi envahi. Les Catalans, en grand nombre, prennent part à la bataille livrée sous les murs de Tours, où il reste,maître du terrain sur lequel sont couchés trois cent soixante-quinze mille mahométans.

C'est beaucoup tuer ! s'écrie l'un de nos plus candides chroniqueurs, en citant le nombre des morts dans cette bataille.

Charles remplit sa promesse et entra en Catalogne. Mais après de grandes victoires remportées sur les Maures, il est appelé sur un autre point par la révolte des Saxons, qui combattent pour se délivrer de sa domination.

C'est alors que, réunis au son de la trompette guerrière d'Otjero, entrent en Catalogne les neufs barons de la renommée, et que commence toute cette guerre de Titans à laquelle malheureusement il a manqué un Homère.

Barcelonne est quatre fois prise et reprise, et, dans l'une des premières rencontres, les chevaliers catalans s'emparent de la montagne de Monserrat, et y construisent en peu de temps cinq forteresses dont les murailles crénelées dominent celles de ses roches.

Aujourd'hui Monserrat ne présente aucuns vestiges de ces forteresses.

La première fut construite par Otjero, et conserva son nom. On ne sait rien de ce fort, à moins qu'il ne soit celui qui exista entre le château de Collbato et la salle appelée de Saint-Michel.

La seconde reçut le nom de Collbato, pour se trouver dans les limites d'un terrain de ce nom.

La troisième était celle de la garde, et se nommait aussi Bienfaisante, à cause du grand bien qui en résultait. Telle était son heureuse position, qu'on découvrait un demi-cercle de vingt-cinq lieues d'étendue, et qu'elle défendait les terres d'Igualada, de Calaf et de Manresa.

La quatrième se nomma Marro ou de Sainte-Cécile, et se trouvait à l'entrée de la partie la plus unie de la montagne.

La cinquième fut appelée celle de Monserrat, et subsista à l'endroit même où l'on voit aujourd'hui l'ermitage de Saint-Dimas. A cette forteresse se rattache une tradition curieuse et dramatique que je raconterai en son lieu.

Après les neuf barons vint Vifrède de Arria, comte de Barcelonne, qui devait être la souche d'une généalogie de héros. Après Vifrède de Arria, qui débusqua vaillamment les Maures de Monserrat, dont ils s'étaient emparés une seconde fois, parut Vifrède, le premier souverain.......

Et avec Vifrède, aux barres ensanglantées, vint le monastère et sa splendeur.

IV

La Vierge de la Montagne.

On était arrivé à l'an du Seigneur huit cent quatre-vingt.

Déjà Vifrède avait conquis au prix de son sang un blason pour sa patrie.

Comme des nids d'hirondelles au haut d'un rocher, Monserrat comptait quatre ermitages, de l'un desquels devait sortir un jour saint Julien pour être évêque d'Égara, et d'un autre, plus tard, saint Ignace de Loyola, pour fonder la Compagnie de Jésus.

Monserrat présente ce caractère particulier : il se rattache à l'histoire de nos rois comme un fleuron à une couronne, et à la vie de nos saints comme un rayon à une auréole.

Ce que je vais raconter est une tradition, mais une de ces poétiques et religieuses traditions qui n'ont rien perdu de leur virginale pureté, bien qu'elles aient passé par le crible de neuf siècles, une de ces traditions que nos chroniqueurs racontent pompeusement, mais qui ne doit être entendue que de la bouche de la mère montagnarde, lorsque près du foyer, pendant une froide soirée d'hiver, elle la redit à ses tendres et craintifs enfants avec tout le luxe de la simplicité.

Malheureusement ces traditions se perdent ; malheureusement près du foyer de la chaumière écartée, autour duquel se réunit chaque soir toute une nombreuse famille de montagnards, les scènes sanglantes de guerres fratricides ont succédé aux pittoresques ballades qui berçaient dans leur lit de souvenirs le culte des traditions. Les siècles emportent ce culte avec eux. Le nôtre a recueilli sa part d'héritage et en est content. Il a remplacé les croyances positives des peuples par les utopies mensongères des hommes, et les symboles qui répondaient parfaitement à tous les instincts humains, par un monde de chimériques simulacres qui fraternisent admirablement avec toutes les passions.

La foi est à présent un chiffre : toute croyance doit être le résultat d'un calcul mathématique.

Quoi d'étonnant alors si ma relation d'aujourd'hui et celles qui la suivront provoquent sur certaines lèvres le sourire de l'incrédulité?

Nos chroniqueurs ont raconté ces traditions, nos pères les ont redites à nos enfants, le pélerin doit les recueillir.

Dans ces traditions se trouvent la croyance et la poésie des peuples, et nous ne serons fidèles aux autels comme aux tombes de nos pères, qu'autant que nous le serons à cet écho du passé qui parle de vertu à nos âmes chrétiennes et de gloire à nos cœurs catalans.

A présent, disons la tradition :

A la fin d'une tranquille soirée de printemps, et lorsque déjà les ombres commençaient à envelopper de leurs noirs turbans les roches audacieuses de Monserrat, quelques jeunes bergers un peu attardés s'empressaient sur les bords du Llobregat de rassembler leurs troupeaux pour retourner à Olesa.

Tout à coup, une clarté purpurine illumina le ciel, et il leur sembla voir sur le point le plus obscur de la montagne briller des milliers de lumières, comme un groupe de monstrueux vers luisants, en même temps les étoiles, une à une, se détacher du ciel, et, comme des fruits flamboyants, aller se suspendre, mobiles et étincelantes, aux branches des arbres.

Le prodige n'en resta pas là : ils entendirent comme des échos lointains répétant des chants étranges accompagnés d'une musique suave et délicieuse, pendant que l'air s'imprégnait de parfums et d'odeurs aussi agréables que les souvenirs de l'enfance.

Vainement, à leur arrivée à Olesa, les bergers rapportèrent ce qu'ils avaient vu et entendu; personne ne voulut ajouter foi à leurs paroles.

Sept jours avaient suffi pour effacer ou du moins affaiblir dans la mémoire des spectateurs eux-mêmes la scène dont ils avaient été témoins, lorsque pendant la soirée du huitième jour, le prodige se renouvela, se répétant successivement tous les samedis.

Les pasteurs alors en donnèrent avis à un vénérable ecclésiastique, curé d'Olesa, et pendant quatre samedis consécutifs, l'honorable prêtre put entendre la musique invisible, retentir les chœurs célestes et voir pleuvoir les étoiles sur une roche qu'elles entouraient d'une couronne brillante.

Le curé, étonné d'un cas aussi extraordinaire, voulut en conférer avec l'évêque de Manresa, où se trouvait son siége, parce que Ausonne était au pouvoir des Musulmans, et tous deux furent se placer un soir non loin du lieu privilégié. Là, enveloppés dans un nuage de parfums délicieux jusqu'à minuit, ils jouirent du spectacle de la pluie d'étoiles, de chœurs angéliques et de la musique invisible.

Dès lors il ne resta plus à Gondemare, l'évêque d'Ausonne, aucun doute sur ce que cela signifiait, et à la pointe du jour du dimanche, comme dit un chroniqueur, tous les fidèles, côtoyant en procession solennelle les bords du Llobregat, arrivèrent au bas de la montagne et cherchèrent le lieu des prodiges.

Guidés par les émanations exquises qui les inondaient, et par les célestes chants, qui, faibles et lointains, retentissaient comme des voix mélancoliques dans ces monstrueuses orgues de granit, ils ne tardèrent pas à découvrir l'entrée d'une grotte cachée dans la plus sauvage aspérité de la montagne.

Dans l'intérieur de cette grotte fut trouvée la Vierge.

Ici les chroniqueurs ne sont pas d'accord. En effet, les uns disent qu'on ignore complétement l'origine de la Vierge, alors que d'autres affirment que l'image retrouvée était la même qu'apporta en Espagne l'apôtre saint Pierre, œuvre de saint Luc, honorée dans l'église de Louis-le-Pieux, Saint-Juste et Saint-Pastor, et cachée dans les cavernes de Monserrat par le Goth Érigone et Pierre, évêque de Barcelonne, lorsque la trahison de Julien inonda l'Espagne de Musulmans.

Quoi qu'il en soit, aussitôt que la sainte image fut retrouvée, Gondemare la prit entre ses bras et résolut de la transférer à Manresa au milieu d'une procession solennelle de fidèles; mais après avoir surmonté une multitude de difficultés qu'offrait la montagne et s'être ouvert un chemin à travers les roches escarpées, ils arrivèrent à un endroit précisément le même que celui où s'élève aujourd'hui le monastère actuel, et ils s'efforcèrent en vain d'aller plus loin.

Ils ne pouvaient parvenir à détacher du sol les pieds de la Vierge, comme s'ils se fussent changés en vigoureuses racines. La volonté de la Vierge se manifestait : elle ne voulait pas abandonner la montagne, et c'était là l'endroit qu'elle choisissait pour demeure.

La multitude se mit à genoux, et les mystérieux échos de la miraculeuse montagne répétèrent le premier *Salve* à la Vierge chanté par les pères d'une race de héros. Premier et chaste tribut d'adoration adressé à celle qui devait un jour voir successivement tous les rois prosternés à ses pieds, recevoir les présents de tous les potentats et être invoquée sur tous les champs de bataille par ces légions conquérantes d'intrépides Catalans, qui, groupés sous l'étendard aux barres ensanglantées, entonnaient en chœur, avant de commencer le combat, le cantique de Marie !

Une modeste et pauvre chapelle fut ensuite élevée en ce lieu par les soins et par la sollicitude de l'évêque de Manresa.

La Vierge de la montagne dut son premier temple à la seule gratitude des fidèles.

Comment cette chapelle fut transformée en monastère, c'est toute une histoire, la plus romanesque peut-être de nos chroniques.

La voici.

V

Satan, anachorète.

A la lueur mélancolique de la lune qui illumine fantastiquement tout ce chaos de pierres qui s'appelle Monserrat, un homme se promène chaque jour au bord des abîmes sans fond qui s'ouvrent aux pieds de ces colosses de pierre, de ces cathédrales idéales et cyclopéennes, de ces cailloux gigantesques, paraissant, les uns, dans leur isolement, des sentinelles arabes muettes et sur leurs gardes, qui veillent, le corps enveloppé dans leur burnou, le front couvert de leur turban ; les autres ressemblant, dans leur masse compacte et polie, à une bande de fantômes nocturnes, pétrifiés dans leurs manteaux gris, qui se croisent dans leur vol rapide par-dessus la montagne.

Voyez cet homme, ce pénitent chancelant, une barbe épaisse couvre sa poitrine, et sa main presse la houlette des apôtres et des pasteurs.

Et quel est cet homme devant lequel fuient les oiseaux de la montagne et à l'aspect de qui la cloche du miracle, suspendue entre les deux piliers placés devant l'ermitage de Sainte-Victoire, s'ébranle d'elle-même pour le saluer à son passage?

C'est Jean Garin le solitaire, Jean Garin l'hôte de Monserrat, Jean Garin le pénitent, qui, à l'imitation de saint Paul, le premier ermite, s'est créé une existence d'aigle dans une roche presque inaccessible et est parvenu jusqu'à la cime de la plus haute montagne de Catalogne pour de là adresser de plus près ses prières à Dieu.

Jean Garin abandonne parfois son palais de granit pour aller pieds nus à Rome, qui déjà est la capitale du monde chrétien après avoir été la souveraine du monde idolâtre. C'est un saint pélerinage que chaque année le solitaire s'impose, et dès qu'il arrive aux portes de Rome, les cloches, agitant d'elles-mêmes leur langue de métal, saluent de leurs chants ce pélerin de même que la cloche du miracle à Monserrat.

Lorsque Jean Garin repose sur le sol dur de sa grotte, avant que le sommeil vienne fermer ses paupières, il lui arrive d'entendre des bruits sourds et souterrains comme si la montagne éprouvait des secousses nerveuses ou comme la voix des eaux vierges qui, dit-on, dans les profondes entrailles de la montagne, roulent leurs ondes dans des aqueducs vastes et inconnus.

Cependant, rien de cela.

Les bruits que le solitaire entend, lorsqu'il applique l'oreille au sol de sa grotte, sont occasionnés par les éclats de rire des démons qui habitent l'intérieur de la montagne.

Le saint pénitent parvint enfin à le comprendre, et l'on raconte même qu'un jour il songea qu'il pénétrait dans le palais souterrain, et qu'il voyait toute la bande des êtres infernaux se livrer à une danse impudique et frénétique autour d'un brasier dans lequel venait d'être jetée une jeune fille de Monistrol qui s'était écartée du sentier de la vertu par la ruse et l'astuce de l'un des sectateurs de l'enfer.

Dès ce jour Jean Garin redoubla ses pénitences et ses mortifications; dès ce jour, Jean Garin pria tant et tant pour éloigner
le voisinage des démons, que la Vierge, encore cachée dans sa
roche inconnue, étendit le bras et chassa des abîmes de la montagne la légion infernale qui s'en était emparée.

Les démons, en abandonnant leur palais souterrain, jetèrent un
tel cri de vengeance contre celui qui était la cause de leur pros-
cription, que la montagne entière en frémit, comme si elle eût
ressenti un tremblement de terre; Jean Garin, qui se dirigeait
alors vers sa grotte, passant sur le bord d'un abîme, chancela,
perdit l'équilibre, et tomba dans le précipice, sans autre lésion,
heureusement, qu'une légère blessure au visage, occasionnée par
les branches d'un arbre qui tout à coup s'étendirent pour le recevoir dans leurs bras.

Les démons exilés ne renoncèrent pas à leur vengeance pour
avoir échoué dans leur première tentative.

Bélial, le roi des enfers, est le plus rusé et le plus adroit ennemi de l'homme. Furieux de voir l'une de ses plus chères cohortes
bannie d'une délicieuse demeure, il résolut d'en tirer une vengeance signalée, après avoir entendu et médité l'avis de ses sept
principaux conseillers.

Si bien qu'un jour prenant Satan de la main droite et par les
cheveux, et Astaroth de la gauche par l'une de ses cornes, d'un
seul et rapide vol il alla se poser sur l'une des cimes de Monserrat, précisément sur le pic parallèle à celui au pied duquel le pénitent Garin avait sa grotte.

Arrivé là, Bélial se débarrassa de sa double charge, et s'adres-
sant à ses deux satellites, il leur tint ce langage :

«Vous allez tous deux seconder le projet que j'ai formé d'enlever
à Dieu cet ermite dont les prières ont obtenu que mon capitaine
Annabry fût forcé d'abandonner le séjour délicieux qu'il habitait
depuis le jour où nous fûmes chassés de la demeure céleste. Je
vous ai choisis tous deux de préférence : toi, Satan, parce que tu
es le plus prudent, le plus judicieux et le plus astucieux de mes
chefs, et toi, Astaroth, parce que tu es le plus jeune, le plus ga-
lant et le plus séducteur de mes vassaux. Écoutez-moi bien.

« Regarde, » dit Bélial à Satan.

Et d'un coup de pied à une roche découvrant la large entrée
d'une grotte :

« Regarde. Cette grotte va devenir ta demeure, Satan ; ici, tu vas vivre en pénitent, cachant tes membres sous la bure grossière, défigurant ton visage par une longue et blanche barbe ; tu rencontreras un jour Jean Garin, tu lui offriras ta société comme étant les deux seuls ermites de la montagne, et tu feras couler à petites doses, dans son cœur, le poison de tes conseils. Mes États te resteront fermés jusqu'à ce que tu aies fidèlement et loyalement rempli ta mission. »

Cela dit, et sur un signe de Bélial, Satan se trouva vêtu d'une robe de pénitent, en même temps qu'une barbe longue et blanche comme la neige du mont Cenis lui couvrait la poitrine et lui descendait jusqu'à la ceinture.

« Quant à toi, ajouta Bélial en se retournant vers Astaroth, choisis le visage qui t'arrange le mieux et le déguisement qui te plaise davantage ; descends dans la plaine, et fais usage de toutes tes ruses et de toutes tes séductions pour que la plus belle demoiselle catalane vienne exercer ici l'influence de sa beauté sur le cœur de Garin, déjà disposé par les conseils de Satan. Songe que tu ne pourras rentrer dans mon empire qu'après avoir rempli ta mission. Quel déguisement te convient-il de choisir ?

— Celui de chevalier chrétien, » répondit Astaroth sans hésiter.

Aussitôt la brillante cotte de mailles couvrit le démon, le casque élégant des Goths ceignit son front, la brillante épée à la poignée en croix pendit à son côté, à son bras gauche s'attacha un bouclier doré, et sa main droite s'arma de la redoutable lance de bataille.

« Et à présent, dit Bélial, que vous connaissez et que vous comprenez bien ma pensée, combinez chacun votre plan du mieux que vous pourrez, et de telle façon que j'en obtienne le résultat que je désire. Soyez-moi fidèles et je vous récompenserai ainsi que vous le mériterez.

Les deux satellites s'inclinèrent en signe d'assentiment.

Ensuite Bélial prit congé de ses deux vassaux, et agitant ses ailes noires, il se lança dans l'espace, en même temps que Satan prenait possession de sa grotte, et qu'Astaroth s'ouvrait un passage à travers les rochers pour gagner la plaine.

Ici l'auteur consacre treize pages à retracer les ruses et les manœuvres employées par Satan et Astaroth pour consommer la perte de Jean Garin.

Le premier, par des actes hypocrites de piété, finit par captiver sa confiance et devient son confident.

Astaroth, de son côté, déguisé en chevalier chrétien, parvient à séduire la belle et jeune Riquilda, fille de Vifrède, comte de Barcelonne, et à lui persuader qu'elle doit aller faire uue neuvaine de retraite et de pénitence à Monserrat, dans la grotte même de Jean Garin. Rien de plus ordinaire à cette époque, dit le chroniquëur, qu'un acte pareil: Riquilda n'était pas la première jeune fille qui allât pendant neuf jours, dans le coin d'un mont désert, se livrer à la pénitence et à la prière.

Cependant Vifrède fait tout ce qu'il peut pour engager sa fille à renoncer à son projet; mais la voyant résolue à ne pas céder, il l'accompagne à Monserrat, parvient à la grotte de Garin, lui dit que connaissant sa réputation de sainteté, il n'hésite pas à lui confier sa fille pour neuf jours, afin de la guider dans le chemin de la pénitence qu'elle s'était imposée. Garin, après quelque résistance, finit par céder aux instances de Vifrède, qui, après avoir pris congé de sa fille, descend à Monistrol pour y attendre le moment de la revoir purifiée par la prière et par la pénitence.

Quatre jours de vie commune et de contact avec cette jeune fille suffisent pour bouleverser la tête et le cœur du pauvre anachorète.

Astaroth et Satan, le voyant si bien aller au devant de leurs idées, se décident à accomplir leur mission.

La plus horrible tempête éclate sur la montagne. Riquilda, tremblante d'effroi, se rapproche du solitaire avec tout l'abandon de l'innocence et fait frissonner le pauvre pénitent, dans le cœur duquel s'élève une tempête autrement furieuse que celle qui règne sur la montagne.

Jean Garin succombe et souille le dépôt qui lui avait été confié.

Éperdu, hors de lui, traversant les torrents, gravissant les rochers, il court chez son frère l'ermite et, tombant à genoux, il lui fait l'aveu de son crime. « Je viens vous demander conseil, lui dit-il? Que dois-je faire. Faut-il me laisser rouler comme une pierre au fond des précipices? ou me présenter à la foudre pour qu'elle m'anéantisse sur son passage? ou dois-je m'enfermer dans ma grotte pour y mourir de soif et de faim? »

Nous reprenons ici la traduction de la légende.

« Frère, dit l'anachorète (c'est Satan), le véritable crime est dans le scandale, et le crime des crimes, c'est le suicide. La bouche doit être la prison de la langue, comme la tombe est l'arche du secret. Un sépulcre ouvert engloutit un crime, comme une goutte d'eau lave une tache de sang. »

Et l'anachorète, retirant d'un coin de sa grotte une espèce de coutelas recourbé, le remit à Garin et lui dit :

« Allez mon frère ; il faut que le soleil de demain vous voie livré à la prière de chaque jour. La fosse qui doit s'ouvrir cette nuit disparaîtra avec la tempête, et lorsque luira l'aube du jour, vous ignorerez vous-même l'endroit qui recèle votre crime. »

Jean Garin, devenu fou, saisit le coutelas et se précipite à travers les rochers vers sa grotte.

A une portée de fusil de là se trouvait une plate-forme, sur cette plate-forme un arbre ; au pied de cet arbre Jean Garin creusa une fosse au milieu de la fureur des éléments, sans faire plus de cas de la pluie qui fouettait son visage que du tonnerre qui faisait trembler la montagne jusque dans ses fondements.

Ensuite il courut à sa grotte, sur le sol de laquelle était étendue Riquilda immobile et privée de sentiment, et le même coutelas dont il s'était servi pour creuser la fosse lui servit pour assassiner la victime.

Peu d'instants après, Garin jetait le dernier morceau de terre sur l'endroit où Riquilda devaient dormir éternellement, lorsqu'un éclat de rire strident, sarcastique, infernal, le fit frissonner et se retourner.

A deux pas de Jean Garin se trouvaient un ermite et un guerrier. C'étaient ceux qui avaient jeté l'éclat de rire.

Jean Garin aperçut leurs visages de démons à la lueur funèbre de la foudre ; il vit le sourire le plus infernal contracter leurs lèvres ; il les vit s'avancer vers lui en battant des mains, et il tomba affaissé et sans mouvement sur la dernière couche de terre avec laquelle il venait de combler la tombe de sa victime.

Lorsque l'anachorète revint à la vie, le soleil dorait les cimes coquettes de la montagne, l'herbe commençait à se redresser, les arbres offraient gracieusement leur crête aux caresses de l'astre du matin, les gouttes d'eau tombaient de toutes parts comme des diamants voyageurs, et les rochers, humides encore, faisaient luire au soleil leurs brillantes cuirasses d'écailles.

A peine voyait-on quelques restes de la tempête qui venait de finir ; il n'en était pas de même dans le cœur de l'anachorète, qui ne pouvait oublier si tôt sa nuit d'orgie si habilement préparée par les démons.

Jean Garin ne se dissimula pas tout ce qu'il avait dû perdre aux yeux du Seigneur, et alors, poussé par un sincère repentir, il prit incontinent, dit la chronique, une résolution :

Celle d'aller à Rome, et il y fut.

Celle de se prosterner aux pieds du saint père, et il s'y prosterna.

Celle de tout lui confesser, et il le lui confessa.

Celle de lui demander pardon ; et à cela, le souverain Pontife lui dit que l'homme qui avait commis un pareil crime n'était plus digne de regarder le ciel. En conséquence, il lui infligea la pénitence de retourner à quatre pieds à sa grotte, de garder un silence éternel, de ne se nourrir que d'herbes, et de vivre ainsi jusqu'à ce qu'un enfant de cinq mois lui adressât la parole et lui dît que Dieu lui avait pardonné.

Étrange expiation aussi bien qu'étrange espérance !

Le siècle de Jean Garin était celui de la foi. Le pénitent qui était entré à Rome comme un homme, en sortit à quatre pieds comme un animal, et prit ainsi le chemin de sa montagne.

Sur ces entrefaites, on découvrit l'image de la Vierge, et une modeste chapelle lui fut construite, comme nous l'avons dit.

« Le temps, les fatigues de la route, la rencontre des épines, « des ronces, des buissons, dit Pujades le chroniqueur, les vête- « ments en lambeaux, les membres presque nus, la rigueur du « froid en hiver, l'ardeur du soleil en été, ces causes diverses le « rendirent semblable à un Éthopien ; les humides influences « de la lune, l'inévitable serein, et les fraîches rosées du matin, « joints à la mauvaise nourriture et à la boisson pire encore, lui « amaigrirent les chairs, et lui firent croître le poil et les che- « veux dans de telles proportions qu'il ressemblait à un sauvage. »

Avec ce portrait que nous donne Pujades du pénitent Garin, il n'y a pas de doute qu'il devait apparaître comme un monstre aux yeux des chasseurs qui le découvrirent un jour qu'ils accompagnaient le comte de Vifrède à la chasse du chevreuil dans la montagne de Monserrat.

Vifrède, bien qu'il se fût passé plusieurs années, était inconsolable de la perte de sa fille, si étrangement disparue en même temps que le pénitent de la montagne, et avait depuis lors l'habitude de chasser aux alentours de Monserrat et dans la montagne même, non-seulement pour trouver une consolation à ses peines en visitant les lieux mêmes qui lui rappelaient sa douleur la plus vive, mais encore pour découvrir quelque trace qui pût lui fournir un léger indice de l'incompréhensible disparition de sa chère Riquilda.

Ce fut dans l'une de ses chasses que les compagnons de Vifrède rencontrèrent le monstre, et que, le trouvant inoffensif, ils lui attachèrent une corde au cou et le conduisirent au palais du comte Vifrède, situé au coin de la rue des Madeleines. Ils le tinrent là, sous un escalier, exposé aux regards étonnés de la multitude.

Un jour que le comte donnait un festin dans son palais, ses convives le prièrent de faire monter l'étrange bête sauvage.

Mais voici qu'en voyant approcher ce monstre, un enfant de cinq mois à peine, le fils de Vifrède, que la comtesse tenait dans ses bras, commença à s'agiter, et rompant le silence, s'écria au milieu de l'étonnement général :

« Lève-toi, lève-toi, Jean Garin, parce que Dieu t'a pardonné. »

L'étonnement s'accrut quand on vit la bête se lever.

Le monstre redevenait homme.

Garin se jeta aux pieds du comte et lui dit son histoire, lui demandant un pardon que Vifrède ne pouvait lui refuser, puisque, au nom de Dieu, un jeune enfant lui avait pardonné. Il voulut seulement savoir où était enterrée sa fille, pour transférer ses restes à Barcelonne, et Jean Garin s'offrit pour le guider.

Ils partirent le lendemain, suivis d'un grand nombre de chevaliers et d'une grande multitude de peuple, et arrivèrent au point où s'élevait la chapelle érigée par les fidèles à la vierge récemment trouvée dans la montagne.

Tout près de ce modeste édifice se trouvait le lieu de la sépulture de Riquilda ; ils creusèrent la fosse, et la fille du comte, au milieu d'un étonnement inexprimable, apparut vivante aux yeux de la multitude. Seulement à son cou on remarquait la trace du coutelas de Garin sous la forme d'un fil de soie incarnat.

Tel est le dénouement de l'étrange et originale tradition, véritable et sincère poésie de cette époque, que le père Argaïz, dans son histoire de Monserrat, appelle avec beaucoup de franchise, spirituelle et corporelle tragi-comédie.

En mémoire de cet événement, Vifrède nomma son fils de cinq mois *Miron*, et fonda un monastère sur le lieu même où sa fille avait été enterrée et retrouvée en vie, après huit ans de sépulture.

Telle est la dramatique légende à laquelle doit son existence le monastère actuel de Monserrat; telle est la ballade de la demoiselle décapitée que chantent encore, à la fin d'une douce soirée de mai, les jeunes montagnardes au retour de leurs travaux champêtres.

VI

Bérémonde le Rouge.

N'est-ce pas que c'est une curieuse histoire et une dramatique légende que celle de Jean Garin ?

Le Rhin avec ses gracieuses rives et ses groupes de roseaux, dans chacun desquels se trouve le palais d'une naïade, la Norwége avec ses romantiques et sombres traditions aussi noires que les ailes de ses corbeaux, la Bretagne avec ses lavandières nocturnes, l'Irlande avec ses histoires extraordinaires et miraculeuses, l'Écosse avec ses femmes robustes et ses troupes d'oies sauvages, produites, selon la croyance du seizième siècle, par les fruits de certains arbres qui n'ont qu'à tomber dans la mer pour engendrer les oiseaux aquatiques; le Rhin, la Norwége, l'Irlande, la Bretagne et l'Écosse, je le répète, avec toutes leurs merveilleuses légendes, n'en possèdent pas une seule aussi intéressante et aussi dramatique que la ballade de la montagne catalane.

S'il en est ainsi, quoi d'étonnant que le poète pélerin l'ait recueillie et lui ait donnée la couleur de l'époque à laquelle elle se rattache, en l'appropriant au goût du siècle qui la lit? Le voyageur ne se baisse-t-il pas pour ramasser la pierre précieuse qu'il trouve sur son chemin? Ne la débarrasse-t-il pas de la poussière et du limon qui l'enveloppent, pour voir ce qui s'y rencontre de strass ou de diamant?

Quoi qu'il en soit, pour tout chrétien, c'est une grande tradition, et pour tout poète c'est un grand drame que celui qui donna l'existence au monastère actuel de Monserrat.

Vifrède, ce grand constructeur de temples, vit s'élever par ses soins un magnifique édifice au milieu des rochers de Monserrat, et, offrant à la vierge des montagnes ce gigantesque couvent, il éternisa la mémoire du lieu où fut trouvée vivante la jeune fille décapitée.

Déjà le monastère montrait son front de pierre entre les créneaux pyramidaux des rochers, quand Vifrède, qui a été notre comte-poète, pensa qu'il fallait à la Vierge, des vierges pour la servir, et pour cela y fit transférer les religieuses bénédictines de Saint-Pierre, autre monastère que Louis le Pieux avait fondé à Barcelonne.

Ce fut là que Riquilda, la jeune fille décapitée, ce fut là, dit la ballade, qu'elle se consacra au Seigneur, et fut ainsi la première abbesse qu'eurent les vierges de Monserrat.

Que le *salve* devait alors, au déclin de chaque jour, paraître doux et saint, sortant de ces lèvres virginales, du milieu de cette volée de blanches colombes reposant sur la cime de cette montagne, et nichées dans l'un de ses replis. Qu'elle devait s'élever douce et sainte, cette prière portée sur les ailes des zéphirs jusqu'au trône resplendissant du Seigneur ! Que de fois le rugissement confus de l'ouragan a dû étouffer les voix des solitaires, et que de fois les torrents se précipitant des rochers en rugissant, le tonnerre retentissant dans leurs profondes cavités, la pluie fouettant les fenêtres grillées, les vents gémissant dans les corridors déserts, ont dû former un chœur d'une harmonie sauvage, en s'unissant aux chants nocturnes des pénitentes de Monserrat !

Peu de temps après la construction du monastère à laquelle, dit la chronique, Jean Garin travailla de ses propres mains, il courut se cacher dans un asile écarté de la montagne, dans une grotte ignorée, où il termina pieusement sa vie de pénitent. Mais continuèrent d'exister sa grotte primitive et celle de Satan, l'ermite, et encore aujourd'hui on les désigne au voyageur sous les noms de *grotte du frère Jean Garin*, et *grotte du diable*.

Pendant soixante ans, Monserrat fut un couvent de religieuses, et pendant cette période, trois comtes se succédèrent rapidement à Barcelonne : Vifrède III, qui mourut empoisonné ; Miron, son frère, ainsi nommé, comme nous le savons, pour avoir parlé, n'ayant que cinq mois, à l'ermite Garin ; Seniofrède enfin, qui devait mourir écrasé sous les ruines de Saint-Michel de Coxan.

Vint ensuite l'excellent comte Borrell, l'infortuné Borrell, celui qui devait voir sa ville chérie saccagée par les Maures, et dont la tête meurtrie par les lances mauresques d'Almanzor devait rouler plus tard par dessus les murs de Barcelonne.

Sous ce comte, les religieuses de Monserrat retournèrent à leur ancien monastère de Saint-Pierre, où elles devaient donner le plus rare exemple de vertu ; en effet, lors de la prise de Barcelonne par les Maures, toutes se coupèrent le nez et la lèvre inférieure pour ne pas devenir les jouets de la lubricité des Sarrasins.

On ignore le véritable motif de cette translation ; mais l'on est fondé à croire que Monserrat, étant alors visité journellement par un grand nombre de pélerins, Borrell prit la prudente résolution de substituer aux vierges du Seigneur les moines de Saint-Benoît, auxquels il convenait mieux d'offrir l'hospitalité aux fréquentes caravanes des dévots pélerins.

C'est ainsi que Monserrat devint monastère des moines de Ripoll.

VII

Les Trente.

Fuyez, fuyez, belles jeunes filles ! Fuyez, vous qui attachez quelque prix à la paix du foyer domestique ! vous qui vous plaisez, lorsque apparaît l'aurore, à voir vos traits réfléchis dans le miroir d'un ruisseau, et à parer vos cheveux avec l'anémone des champs ; vous qui, riches en pudeur, assises au pied de l'arbre centenaire, attendez le retour de votre fiancé, et lui adressez déjà de loin le sourire de la candeur.

Fuyez, fuyez, si vous ne voulez tout perdre en un instant, si vous ne voulez, pauvres filles, vous voir arrachées aux lieux où vous passâtes votre enfance, au foyer hospitalier qui chaque soir vous protége, au baiser de vos parents qui chaque nuit vous embrassent, au sourire de votre fiancé, qui, au pied de votre fenêtre, vous salue chaque matin avec le salut de l'aurore.

Fuyez ! fuyez ! Il y a quelque chose de pire que la roche qui se précipite de la montagne et déraciné les arbres qui se trouvent sur son passage ; quelque chose de pire que l'avalanche qui roule avec fracas et change en ruines la cabane solitaire ; quelque chose de pire que les gros nuages qui obscurcissent le ciel et font tomber un torrent de grêle sur une récolte déjà peu abondante ; oui, belles jeunes filles, il y a quelque chose de pire que tout cela... Les Trente sont dans la vallée.......

Les Trente... dont le repaire, comme celui des tigres, est dans le bois ; dont le nid, comme celui de la tempête, est dans la montagne.

Quand les Trente s'approchent, chacun fuit de sa demeure qui reste abandonnée au sac et au pillage. La terreur accompagne les Trente, et l'épouvante suit leurs traces ; leurs compagnons sont le rapt et le meurtre ; les villages incendiés sur leur passage sont les foyers de leurs bivouacs.

Les Trente ont leur demeure sur l'une des cimes les plus hautes de la montagne de la Vierge, dans le château même de Monserrat, demeure autrefois de nobles chevaliers qui s'élançaient au combat contre les infidèles, agitant leur oriflamme violette, exhalant leur cri de guerre en invoquant le nom de la Vierge de la montagne.

Le château des seigneurs de Monserrat est à présent un repaire de bandits.

Et quels bandits !

Presque tous Sarrasins renégats, demi-nus, avec un ceinturon de cuir soutenant leurs poignards à deux tranchants, avec un casque de fer couvrant leur tête, tenant attaché à leur corps avec une chaîne le javelot, qui fut plus tard, et qui déjà peut-être alors était l'arme particulière des almogavares (partisans).

Tous ceux qui parlent des Trente le font avec terreur, et si parfois les paysans se hasardent à prononcer le nom de leur capitaine, c'est à voix basse et lorsque le feuillage immobile des arbres leur garantit que le moindre souffle de la bise ne transmettra pas ce nom à d'autres oreilles qu'à celles à qui on l'adresse.

D'un autre côté, pendant les nocturnes prières des paysans et des jeunes filles de la vallée, il y en a chaque soir un qui se trouve spécialement chargé de demander à Dieu qu'il les délivre de l'ennemi commun et du capitaine des Trente.

Mais quel était donc ce redoutable capitaine? C'était..... personne ne le savait d'une manière certaine, mais tous le soupçonnaient : c'était Bérémonde le Rouge.

Et quel autre pouvait être le chef à la stature athlétique, au visage toujours masqué, qui, dans toutes les attaques des châteaux et dans le pillage des villages commandait la bande des Trente, sinon le châtelain de Collbato?.... sinon Bérémonde, le fils bâtard du dernier seigneur de Monserrat?.... sinon celui que le peuple appelait l'homme à la barbe rousse, lequel se donnait à lui-même le titre de seigneur des châteaux de Collbato et de Monserrat?

Nous interrompons ici cette légende ou cette tradition, qui est fort longue, pour en venir à quelques faits historiques et certains concernant le monastère de Monserrat.

Lorsque commença, en 1479, le règne homérique de Ferdinand second, Monserrat s'était déjà un peu relevé de son abattement, et se voyait prudemment dirigé par Julien de la Rovère, qui ne devait pas tarder à changer son abbaye pour la chaire de saint Pierre, qu'il occupa sous le nom de Jules II.

Entre autres choses qui, dans le monastère, rappelaient le souvenir de l'abbé Julien, il y avait plusieurs cloîtres qu'il avait fait construire, et sur divers points desquels se remarquait l'écusson de ses armes, un chêne accompagné de deux anges.

Du reste, Ferdinand régnait, et nul prince n'avait jusqu'alors manifesté pour la Vierge de la montagne plus de zèle et de dévotion que ne devait en montrer le monarque catholique qui avait été présenté, âgé de neuf ans, à Notre-Dame de Monserrat par la reine, sa mère, lorsque allant à Barcelonne, ils montèrent ensemble visiter le temple.

Quand, dans les premières années de son règne, il se rendit dans la capitale de la Catalogne pour y prêter serment de maintenir ses lois et ses priviléges, Ferdinand monta une seconde fois à Monserrat, et plus tard, à la suite de la mémorable conquête de Grenade, de cette héroïque conquête qui a fourni une si abondante matière à tous les poètes, en leur offrant tant de hauts faits pour l'histoire et tant de héros pour le drame ; à la suite de cette conquête, disons-nous, nos chroniques catalanes mentionnent avec orgueil que Monserrat eut pour hôtes Ferdinand et Isabelle. Dans cette visite, les rois catholiques étaient accompagnés du prince don Juan, de dona Isabelle, veuve d'Alphonse, prince de Portugal, de dona Juana, dona Maria et dona Catalina.

À Monserrat, et retiré dans l'un de ses ermitages, vivait alors, dit un chroniqueur, un moine catalan à qui l'histoire réservait une page, et dont le nom devait s'unir à un événement qui changea la face du monde.

Par un enchaînement de circonstances difficile à expliquer, ce moine, qui était le frère Bernard Boil, était parvenu à mériter l'estime et la confiance du roi Ferdinand, qui le cite, en effet, dans deux lettres écrites en catalan et à divers propos aux moines de Monserrat.

Voyons à présent comment ce nom fut tiré de l'obscurité d'un cloître.

Le 3 avril 1493, le jour commençait à paraître quand, à travers la brume du matin et les nuages rougeâtres qui se jouaient sur l'azur du firmament, la vigie du port de Barcelonne vit apparaître la voile blanche d'un navire qui, dans le lointain, n'avait pas plus d'apparence que celle d'une plume échappée d'un invisible nid de colombes.

Elle fit le signal convenu, et les yeux fixés sur la voile lointaine, elle n'avait pas encore compris quel pouvait être ce navire, quand déjà le peuple catalan s'agitait, chuchotant et inquiet, dans les rues de Barcelonne, la plus grande curiosité peinte sur tous les visages, toutes les lèvres murmurant un nom presque inconnu jusqu'alors.

Comme une étincelle électrique, une nouvelle avait circulé dans la multitude.

On savait en effet que, pendant le siége de Grenade, la perle des Maures, un voyageur errant, un pélerin étranger, un philosophe, un insensé, s'était présenté à la reine de Castille, et, au contraire de ce roi qui, plus tard, devait offrir un royaume pour un cheval, lui avait offert un monde entier pour un navire.

Les grands et les courtisans s'étaient moqués du rêveur Génois; mais Isabelle, la reine catholique, avait attentivement écouté tous les plans de Christophe Colomb, lui avait fait expliquer toutes ses illusions, comme beaucoup de gens les appelaient, et avait fini par lui accorder sa protection. Le grand homme et la grande reine s'étaient compris.

Christophe Colomb s'était mis dans la tête qu'en sillonnant les mers il finirait par s'ouvrir un chemin pour un nouveau monde.

A cette heure donc, le navire découvert au point du jour, 3 avril, pouvait bien être celui de Colomb qui revenait de son voyage. Comment le peuple le savait-il? Qui le lui avait dit? Personne.....

Le navire était véritablement celui de Colomb, et il venait en effet de découvrir un monde.

Lorsque l'obscur Génois, parti comme un pauvre mendiant, et revenant le plus puissant roi de la terre, foula pour la première fois le sol catalan, il se vit entouré d'un peuple enthousiaste qui le couvrit d'applaudissements en l'accompagnant jusqu'au palais du roi et de la reine, alors à Barcelonne; et lorsque l'entreprenant nautonnier leur eut dit que l'étendard de Castille brillait aux reflets du soleil d'un hémisphère inconnu, les monarques catholiques se levant, s'agenouillèrent, et avec eux la grandesse s'agenouilla, et avec eux le peuple s'agenouilla, et entonné par les prêtres qui se trouvaient là, toutes les bouches s'ouvrirent pour chanter ensemble le *Te Deum*, pieux et juste hommage au roi des rois qui venait de rendre l'Espagne maîtresse de deux mondes.

L'insensé, le philosophe, le voyageur errant avait accompli sa promesse : en échange d'un navire, il donnait un monde.

Le séjour de Colomb à Barcelonne fut une continuelle ovation. Rarement, dit un chroniqueur, on avait vu réunie à Barcelonne une aussi grande multitude; les demeures restaient désertes et les rues de la ville regorgeaient de monde seulement pour le voir.

Colomb avait manifesté les espérances qu'il concevait de découvrir encore d'autres contrées, et pendant que les fêtes se prolongeaient et qu'une seconde expédition se préparait, les rois catholiques écrivirent au pape Alexandre VI, pour lui demander l'investiture du nouvel empire que le Seigneur leur donnait, à quoi le souverain Pontife accéda pourvu qu'on envoyât de vénérables prêtres pour convertir les nouveaux sujets à la foi catholique.

Les souverains espagnols y consentirent avec plaisir, et les préparatifs de la seconde expédition étant achevés, ils choisirent pour premier archevêque et patriarche des Indes le frère Bernard Boil, moine de Monserrat, qui en effet partit avec Colomb et avec douze religieux de ce même monastère.

C'est ainsi que le nom de Monserrat se trouve uni à ce grand événement qui ajouta un autre monde à l'ancien, et ce n'est certes pas le moindre des blasons de ce monastère que celui de compter au nombre de ses propres enfants ceux qui convertirent les infidèles d'outre-mer et les premiers missionnaires qui allèrent si loin cueillir la palme du martyre.

Tous les historiens sont d'accord sur les signalés services religieux rendus dans cette circonstance par le père Boil et par ses audacieux et déterminés compagnons, et tous rapportent qu'ils fondèrent dans le nouveau monde le premier temple, temple catalan, auquel fut donné le nom de Notre-Dame de Monserrat, pour perpétuer la mémoire de leur départ pour cette expédition.

Parlons maintenant de celui que Monserrat reçut pour hôte vers cette époque, et qui était destiné à faire tant de bruit dans le monde, et à exercer une si grande influence sur les siècles suivants.

Une nombreuse armée française passa la frontière en 1521 et pénétra en Navarre dans le but de recouvrer pour Jeanne d'Albret le royaume qu'elle avait perdu. Cette invasion étrangère fit trembler Pampelune, la capitale, qui appela aux armes tous ses enfants. Ses craintes étaient fondées : les Français s'avancèrent droit sur la capitale et l'assiégèrent. Malheureusement le vice-roi était absent, mais à sa place il avait laissé un jeune officier d'une noble extraction, ancien page à la cour de Ferdinand V, capitaine qui avait fait ses preuves à la prise glorieuse de Najera. Ce jeune homme qui remplissait les fonctions de vice-roi, se prépara à accomplir sa mission aussi fidèlement et valeureusement que possible.

Après une résistance peu mémorable, Pampelune se rendit, et le jeune vice-roi, accompagné d'un seul soldat, eut le temps de se réfugier dans la citadelle dont la garnison, après la prise de la place, désirait se rendre aussi, mais que le vice-roi encouragea à se défendre ; ce qui eut lieu en effet, sans que la plus brave résistance pût empêcher les Français d'emporter d'assaut la citadelle et de passer la garnison au fil de l'épée.

Les ennemis parcouraient les remparts, ivres du sang répandu, et cherchant encore des victimes à égorger, lorsqu'ils virent suspendu à un pan de muraille un homme perdant son sang, s'attachant à la courtine de sa main gauche, et de la droite brandissant un acier qui ne lui avait pas rendu peu de services dans cette sanglante journée. C'était le jeune vice-roi de Pampelune, qui avait reçu une blessure à la jambe.

« Rends-toi ! lui crièrent les soldats.

— Jamais, répondit le brave commandant.

— Remets-nous ton épée.

— Plutôt mourir. »

Les soldats le couchèrent en joue.

Un instant de plus et le vice-roi était un homme mort.

Le blessé attendait avec un héroïsme stoïque la balle qui devait lui arracher la vie. C'était tout ce qu'il pouvait faire, parce qu'il lui était impossible de se défendre par suite du coup de feu reçu à la jambe lors de l'assaut. Cependant le péril était si pressant, qu'il fit mentalement le vœu, s'il échappait à ce danger, d'aller en pélerinage au monastère de Monserrat, en Catalogue , et à Jérusalem, en terre sainte.

Comme si son vœu eût été entendu du ciel, un homme se présente au moment où les soldats étrangers allaient en finir avec lui.

Cet homme était le général français lui-même.

« Nous sommes des vainqueurs et non des assassins, cria-t-il aux siens, et déclarant prisonnier de guerre le brave capitaine espagnol, il ordonna de soigner la blessure de sa jambe et de le transporter avec toutes sortes d'attentions à une ambulance d'où, quelques jours plus tard, il lui permit de se rendre en liberté chez lui.

Aussitôt qu'il se vit rétablit, le bon capitaine n'oublia pas le vœu qu'il avait fait, surtout si, comme l'assurent plusieurs écrivains, il s'occupa pendant sa convalescence à lire des livres de religion; et, en conséquence, quoique peu ferme sur sa jambe, dit le père Argaïz, mettant à profit les livres de chevalerie qu'il avait lus autrefois, nouveau chevalier errant, il s'achemina vers Notre-Dame de Monserrat.

A l'approche de ce couvent, et avant de gravir la montagne, il acheta l'habillement complet qu'il voulait porter dans son pélerinage à Jérusalem : c'était une longue tunique en forme de sac, faite d'une toile de chanvre grossière qui lui tombait jusqu'aux pieds, un bout de corde pour la lui attacher autour des reins, des chaussures faites de cordes de chanvre, un cordon de pélerin et une calebasse pour porter de l'eau.

C'est ainsi affublé que le capitaine pélerin arriva au monastère.

entrant et se traînant à genoux jusqu'aux pieds de la sainte Vierge.

Monserrat, avec ses rochers escarpés et capricieux, avec ses savanes monstrueuses de roches tourmentées, qui, dans leur étrangeté et leur originalité, ressemblent à des orgues pétrifiées ; le monastère, avec sa tranquillité, son isolement, sa solitude méditative ; le temple, avec son silence religieux qui ne ressemble en rien au silence des temples des villes ; la Vierge avec sa pompe et sa majesté, tout cet ensemble fit sur l'esprit du valeureux soldat une impression extraordinaire, et il sentit qu'une révolution s'opérait dans ses idées, et il vit s'éloigner ses anciennes pensées guerrières et mondaines devant la foule envahissante d'autres pensées nouvelles et vivifiantes, devant la vaste étendue de projets gigantesques.

Lorsque le capitaine fut bien convaincu que ses dernières réflexions lui ouvraient un avenir nouveau, il demanda à conférer avec des moines, avec ceux qui peut-être jouissaient de la meilleure réputation dans le monastère ; il fit part de la disposition de son esprit aux confesseurs frère Jean Xanonès et frère Michel Forner. Les conseils de ces vénérables solitaires, et le livre qu'ils lui donnèrent à lire pour ses exercices spirituels, composé par l'ancien abbé de Monserrat, frère Garcia de Cisneros, achevèrent de décider le capitaine.

En effet, sa vocation lui indiquait une nouvelle voie. En conséquence, le 24 mars 1522, jour qu'aucun historien de Monserrat n'oublie de rappeler, il accrocha, raconte Argaïz, ses armures militaires à un pilier de l'église, et, couvert d'un habillement grossier, il commença et acheva sa neuvaine de prières, comme il avait lu dans d'anciens livres que faisaient les chevaliers novices, et resta debout ou à genoux pendant toute la nuit devant l'image de la Vierge.

Le jour suivant, déjà soldat de Jésus, il quitta l'habit de pèlerin, comme il avait abandonné celui de soldat, et prit un vêtement noir semblable à celui des moines du monastère. Il alla ensuite habiter une grotte située, selon l'opinion commune, dans les environ de Manresa, grotte ou plutôt ermitage de l'une des fenêtres duquel il pouvait contempler le couvent de Monserrat et adresser de fréquentes prières à la Vierge. Après un long temps passé dans l'ermitage de Manresa, et employé à des mortifications extraordinaires et exemplaires, il vint à Barcelonne, et de là passa à Gaëte, à Florence, à Gènes, à Rome, à Paris, à Madrid, dans tous les lieux que nous signale l'histoire de cette vie féconde en incidents, et assez connue de tous, parce que cet homme, ce soldat aventureux, ce religieux pèlerin, ce solitaire anachorète, n'était autre qu'Inigo Oñez, seigneur noble de Loyola, n'était autre que saint Ignace de Loyola, le fondateur de la Compagnie de Jésus.

Nous avons trouvé les scènes antérieures dans la chronique de Monserrat, et nous nous sommes empressés de nous en emparer, parce que rien n'est plus précieux pour un poète qui chante, pour un chroniqueur qui raconte, que de rencontrer dans l'histoire qu'il parcourt, mêlées et confondues, et la vie luxueuse d'un roi, et les chevaleresques prouesses d'un héros, et la vie mystérieuse d'un anachorète, et la resplendissante carrière d'un saint.

Et Monserrat présente tout cela, et plus vous avancez, plus vous le voyez.

C'est que Monserrat est beau et grand; c'est qu'il est cent fois mémorable, ce couvent dont nous avons tous appris à balbutier le nom dès le berceau; c'est qu'elle est importante et grandiose l'histoire de cette Thébaïde catalane avec ses pages palpitantes d'intérêt, avec ses légendes que n'eût pas dédaignées la fantastique imagination de Galand pour les contes arabes de ses délicieuses nuits, avec ses traditions historiques qu'ont parcourues et consultées les chroniqueurs pour s'aider à composer l'histoire de leur patrie, avec son passé religieux, enfin, que la plume de la foi est allée fouiller pour y trouver le berceau de beaucoup de saints et de martyrs.

Remontons à trois années avant l'époque dont nous venons de parler, et reportons-nous à 1519, et nous nous rencontrerons à Monserrat avec l'hôte le plus illustre sans contredit de tous ceux qui ont gravi cette montagne : Charles-Quint.

Comme Barcelonne, comme l'Espagne, comme le monde entier, Monserrat est plein de souvenirs de Charles-Quint.

Mais à son tour Charles-Quint porta toute sa vie empreint dans son cœur, comme un sceau indélébile, le souvenir de Monserrat.

C'est que le monastère catalan rappelait à sa mémoire les pages les plus belles, les faits peut-être les plus mémorables de sa vie de roi, d'empereur, de héros, non de scènes et d'incidents dramatiques, mais plutôt de drames, de véritables et gigantesques drames. C'est que, dans l'histoire, Charles-Quint est le grand remueur de royaumes, comme dans le monde Napoléon fut le grand niveleur de trônes.

Le César espagnol visita onze fois le monastère sans que pour cela on doive s'étonner qu'il y ait tant multiplié ses visites. Indépendamment de sa dévotion pour la Vierge, il y était attiré, comme nous venons de le dire, par l'irrésistible aimant de souvenirs ineffaçables.

C'est qu'il y a trois choses qui s'oublient difficilement dans la vie d'un particulier comme dans celle d'un roi, et d'un roi surtout tel que Charles-Quint:

La maison où s'est passée l'enfance bercée par les chants maternels;

Le lieu où l'on a murmuré le premier mot d'amour;

L'endroit où une révolution dans les idées, une transition subite, un changement de situation ont fait de l'enfant un homme, de l'écolier sans expérience le jeune homme aux projets élevés, aux vues ambitieuses.

Pour Charles-Quint, ce dernier endroit fut Monserrat.

Le monastère catalan dont nous nous sommes efforcés de faire comprendre l'importance historique pendant les règnes que nous avons parcourus jusqu'ici, ce monastère en présente une bien grande et bien extraordinaire à l'époque du César espagnol.

Pendant une nuit du mois de juillet 1519, la lune projetait une lueur fantastique sur toutes les roches aux formes capricieuses qui se groupent autour du monastère. Le *salve* de chaque jour venait de s'élever vers le ciel enveloppé des derniers chants nocturnes des moines, comme une fleur qui nage dans l'atmosphère de parfums qu'elle se crée elle-même.

Deux hommes seulement étaient restés dans le temple. L'un d'eux continuait encore sa prière dévotement et agenouillé aux pieds de la vierge de Monserrat; l'autre, debout et à l'écart, paraissait envelopper de son regard celui qui était à genoux.

La prière de ce dernier fut longue. De ce lieu désert, de cette montagne élevée, dans ce temple que la main d'un comte catalan avait fait surgir du sein des rochers, il lui semblait que sa prière devait arriver plus pure jusqu'au trône de l'éternel; et à cet effet il lutta longtemps pour se concentrer dans ses religieuses pensées, pour éloigner un moment de son esprit les idées ambitieuses qui desséchaient ce front juvénile.

Il était jeune alors et comptait à peine dix-neuf ans ; il était né avec le siècle auquel il devait plus tard donner son nom.

Ce jeune homme était Charles Ier, et celui qui était debout près de lui, c'était son maître, le fameux Adrien d'Utrecht, cardinal et alors évêque de Tortose, depuis régent de Castille, et plus tard successeur de saint Pierre.

Charles ayant achevé sa prière se leva enfin, et rejoignant Adrien, se dirigea vers la porte de l'église. Il était près d'y arriver, lorsqu'il dit à son maître qui marchait à ses côtés :

« Autre jour de plus, autre espérance perdue ! S'anéantiront-elles toutes ainsi ? »

Adrien ne répondit pas, bien qu'il comprît parfaitement à quoi faisaient allusion les paroles du roi.

« Plus de jours perdus , seigneur, s'écria-t-il , plus d'espérances trompées. Notre-Dame de Monserrat nous protége : regardez. »

En effet, le temple venait de s'illuminer par la lueur rougeâtre d'un grand nombre de torches qui sans doute se réunissaient à l'extérieur ; aux oreilles des deux personnages arrivait un bruit inaccoutumé de pas et de voix, et les portes du temple s'ouvrant tout à coup comme d'elles-mêmes, Charles voyait se réaliser ce premier songe de gloire et d'ambition qui devait lui ouvrir le chemin de cette gigantesque chaîne de songes qui se présenteront l'un après l'autre pour le séduire pendant son règne.

Deux troupes de soldats remplissaient la cour de Monserrat ; l'or des vêtements brillait à la lueur des torches ; le vent de la montagne agitait les plumes des toques ; et au milieu ,de cette foule s'avançait lentement et solennellement la majestueuse ambassade qui, ayant à sa tête le comte palatin, venait, au nom des électeurs d'Allemagne, lui offrir la couronne de Charlemagne.

« Je suis Charles-Quint, Adrien, dit le jeune roi à son maître. » Et retournant à l'autel, il s'agenouilla de nouveau devant la Vierge, à laquelle il promit une lampe d'argent.

Lorsqu'il se leva, il fit appeler l'abbé du monastère et lui accorda le titre et le privilége de sacristain-major de la couronne d'Aragon.

Le jour suivant, le roi partait pour Barcelonne où, peu de jours auparavant, on l'avait vu tenir avec une pompe et un luxe inusité le chapitre général de l'ordre de la Toison d'Or, le seul qui se soit tenu hors des États de Flandre.

Charles était entré à Barcelonne comme prince ; il en sortit roi et empereur.

Les passages que nous venons de rapporter du petit volume de D. Victor Balaguer, sur Monserrat, suffiront, nous le pensons du moins, pour donner au lecteur une assez juste idée du monastère et de la montagne qui font le sujet de la pièce de vers que nous lui offrons, et pour le mettre à portée de juger que, loin d'exagérer l'importance des faits, la situation pittoresque de ces lieux célèbres, l'étrangeté, l'originalité des pics de Monserrat, nous sommes plutôt resté au-dessous de la réalité.

MONSERRAT,

ou

LES MONSTRUOSITÉS DE LA NATURE.

(11 décembre 1853).

Autrefois, d'assez loin, je l'avais aperçu,
Ce groupe de rochers, si digne d'être vu.
    Délaissant pour toujours la plaine de Valence,
Après l'avoir conquise, et revenant en France,
Nous fîmes halte un jour près de Villafranca ;
Là, plantant son drapeau, le Français bivouaqua.
    On sait que dans le cours d'une longue retraite,
Pour l'armée une halte est presque un jour de fête.
Après un court repas, on voyait nos guerriers
Chanter, danser, dormir sous d'épais oliviers.
    La nuit avait encore une heure de carrière ;
La diane battait sur le front de bandière ;
A son poste rangé, l'arme au bras, le soldat
En silence attendait que le jour se levât,

Et que l'on fît rentrer les braves sentinelles
Qui nous gardaient la nuit, apportant des nouvelles
D'un timide ennemi qui de loin nous suivait,
Et quand nous arrêtions, s'arrêtait, observait.

De cette nuit enfin s'éclaircissaient les ombres ;
Les côteaux, les forêts nous paraissaient moins sombres ;
Des nuages légers artistement groupés,
Sur un beau ciel d'azur savamment découpés,
Devenaient moins obscurs ; ce n'était pas encore
Cette douce clarté que nous donne l'aurore,
Mais la faible lueur qui la devance un peu,
Qu'on aperçoit à peine, et qui se fait un jeu,
Hallucinant les yeux, de créer des fantômes.

Regardez ! regardez ! ce ne sont pas des hommes,
Dit-on dans tous les rangs ; ce sont de vrais géants,
Marchant à pas comptés, s'avançant à pas lents ;
Enfin nous rencontrons des gens qui sont de taille
A se battre avec nous : livrons-leur la bataille.

Vos yeux par le vertige ont-ils été surpris,
S'écrie un caporal ? Ce sont des moines gris,
Chassés de leur couvent, errant sur la montagne,
Hurlant ce cri de guerre : Aux armes, brave Espagne !

On me rappelle un fait, dit un sergent–major :
Depuis plus de deux ans je m'en souviens encor.
On pillait nos convois ; nous eûmes pour besogne
De parcourir, armés, toute la Catalogne,
De visiter les bois, d'explorer les ravins,
De sonder les rochers, de fouiller tous les coins,
Pour découvrir, surprendre et détruire les bandes
Qui, tantôt dans les bois et tantôt dans les landes,
Attaquaient, égorgeaient nos soldats peu nombreux,
Leur faisant endurer des supplices affreux ;

Leur arracher les yeux, déchirer leurs entrailles,
C'était bien provoquer de rudes représailles.
On sait qu'en pleine guerre il est permis d'occir
L'ennemi qu'on poursuit, non d'en faire un martyr.

Nous apprenons un jour qu'un fameux monastère
A ces bourreaux servait d'asile et de repaire.
Ce couvent existait aux flancs de Monserrat.
Après un long assaut, un périlleux combat,
Gravissant les rochers, traversant les abîmes,
De ce mont escarpé nous couronnons les cimes ;
Là, plongeant le regard dans un de ses replis,
Nous voyons à genoux, couverts de leurs surplis,
Des moines s'écriant : Grâce pour notre vie !
Préservez ces saints lieux d'un fatal incendie.

Fuyez, leur disons-nous, si vous craignez la mort ;
Nos soldats mutilés vous prédisent le sort
Que nous vous réservons, que vous subirez vite,
Si, dans ce même instant, vous ne prenez la fuite.

Alors nous les voyons s'éclipser et s'enfuir
Comme un flot de poussière au souffle d'un zéphir.
Quelques instants après, la dévorante flamme
Nous vengeait à souhait du monastère infâme,
Nourrissant, abritant d'inflexibles bourreaux,
Qui pour nous inventaient des supplices nouveaux.

Ces monstrueux géants, rangés sur plusieurs files,
Que d'ici vous voyez, sont toujours immobiles :
Ce sont les pics pointus du fameux Monserrat,
Contre l'homme fauteur de plus d'un attentat.

Ce colloque fini, nous avons vu paraître :
L'astre brillant du jour, qui nous fit reconnaître
Qu'en effet ces géants pour nos yeux fascinés,
C'étaient des mamelons, des rochers décharnés.

C'est quarante ans après qu'étant à Barcelonne,
Voulant voir Monserrat et la sainte madone,
J'allai penser, rêver sur ce célèbre mont,
Dont la brume souvent enveloppe le front.
　J'acceptai volontiers, avec reconnaissance,
Les offres d'un ami, son utile assistance,
Et nous fûmes bientôt au pied de Monserrat,
Arrosé par les eaux du torrent Llobregat.
　Moins d'un jour nous suffit pour faire ce voyage,
Et pour le raconter il suffit d'une page.
La route de Madrid traversant l'Aragon,
Ce grand chemin royal, indigne de ce nom,
Conduit le voyageur au pied de la montagne.
Ah ! quel triste spectacle offre l'inculte Espagne
Au touriste malin qui vient la visiter !
Qui voit à chaque pas, prêts à se culbuter,
Un char et des mulets trottant par intervalles,
Ressentant fréquemment les secousses brutales
D'un raboteux chemin, fangeux s'il pleut beaucoup,
Horriblement poudreux s'il fait beau tout à coup.
　L'aloès embellit les côtés de la route ;
Le bel azur des cieux vous présente une voûte
Que voilent rarement les humides brouillards.
Toujours vous entendez les oiseaux babillards
Se parler, s'agacer dans leur charmant langage ;
Vous nous offrez toujours votre divin ombrage,
Oliviers, orangers, arbres d'élection :
Là gît pour l'étranger la compensation.
　Mais pour le Catalan, il n'en existe aucune ;
Pour lui, pour l'Andalou, c'est chose fort commune
D'aspirer les parfums de l'oranger en fleurs,
De voir les aloès, un ciel bleu sans vapeurs.

Alors on conçoit bien qu'il se plaigne et s'irrite,
Et du gouvernement qu'il blâme la conduite.

Pour ses besoins s'il doit se rendre à Perpignan,
Il voit à chaque pas arrêter son élan :
Il subit les cahots de chemins détestables ;
Il trouve des torrents qui ne sont pas guéables,
Et sur les bords desquels trop longtemps il jouit
Du spectacle innocent d'une belle eau qui fuit.

S'il se rend à Madrid avec la diligence,
Serait-il duc, marquis, général, excellence,
Il se verra, contraint par la nécessité,
Bercé, meurtri, moulu, balancé, cahoté,
Aussi bien qu'un voleur qui s'échappe du bagne,
Comme sur les chemins vicinaux de l'Espagne,
S'estimant trop heureux s'il arrive à Madrid
Sans être détroussé par quelque affreux bandit.
Ce pays tant vanté que domine l'Église,
Vous ménage souvent cette douce surprise.

Ne citons qu'un seul fait. Il est à Martorell
Un pont qui paraissait devoir être éternel.
Deux arches de ce pont sont un jour emportées
Par le torrent enflé, par ses eaux débordées ;
Trois ans sont écoulés, et ce pont délabré
Peut-être de longtemps ne sera réparé.
Pour un chemin royal d'une telle importance,
Lorsque le pouvoir montre autant d'indifférence,
Qu'on juge de l'état où sont d'autres chemins !
Aussi les Catalans, du reste assez mutins,
Sont-ils exaspérés ; ils déclament sans cesse
Contre leurs gouvernants, leur torpeur, leur paresse,
Qui laissent leurs chemins dans le délabrement.
Quels administrateurs et quel gouvernement !

On paverait d'écus nos routes principales,
De celles de la France on les rendrait rivales,
Disent-ils, avec l'or qu'on exige de nous.
Ministres indolents, dites, que faites-vous.
De ces impôts si lourds frappant nos industries,
Le commerce, les bois, les champs et les prairies?
Nos huiles et nos vins, nos produits précieux,
Ne peuvent parcourir des chemins périlleux.
Sur place tout périt, tout est dans le marasme;
Et vous prétendez être à l'abri du sarcasme!
Copiez nos voisins; puisez-y des leçons;
On y voit trop souvent des révolutions.
Mais, quels que soient leurs chefs : monarque, directoire,
Empereur ou consul, dictateur provisoire,
Les services publics n'en vont pas moins leur train;
Les lois sont toujours là pour imposer un frein
Aux prévaricateurs, aux vols, à l'arbitraire;
Les ressorts sont montés dans chaque ministère,
Et dans chaque bureau d'une telle façon,
Qu'au moyen d'un seul mot, qu'en tirant un cordon,
La machine se meut, administre la France,
Sans jamais éprouver la moindre résistance.
C'est qu'un puissant génie a créé ce moteur.
L'Espagne attend, désire un pareil créateur.
Qu'il paraisse et qu'il parle, et vous verrez l'Espagne,
De la France l'émule et la digne compagne,
Apaisant les clameurs et les rébellions,
Prendre un rang distingué parmi les nations.

Du géant de granit, de cette immense roche,
Qui se voit de si loin, plus le regard approche,
Plus on se sent saisi de crainte et de respect,

Plus on est étonné du merveilleux aspect
Qu'offrent les pics nombreux qui couronnent la cime
De ce célèbre mont; c'est un tableau sublime
Richement encadré de souvenirs pieux,
De légendes, de chants, de saints mystérieux.

    Longtemps avant le jour parti de Barcelonne,
A Collbato j'arrive alors que midi sonne.
Il était temps sans doute, et nous ne manquons pas,
D'apaiser notre faim par un frugal repas,
Pendant qu'on disposait les ânes et les mules,
Pour gravir les rochers précieux véhicules.

    Du voyage tracer les dangers, les effrois,
Ce serait répéter ce qu'on a dit cent fois :
A gauche un roc à pic, à droite un précipice
Étalent à vos yeux un éternel supplice;
Votre vie est pendante au faux pas d'un mulet;
S'il bronche ou s'il s'abat, pour toujours c'en est fait.
Sur un étroit sentier que le hasard vous prête,
Le caillou roule et fuit sous les pas de la bête;
Tremblant, vous épiez son moindre mouvement;
Chaque pas est suivi d'un froid frissonnement.

    Deux dames nous suivaient dans ce pèlerinage,
Et montraient toutes deux un aplomb, un courage,
Annonçant que déjà la Vierge de ces lieux
Souvent avait reçu leur offrande et leurs vœux.
Nous arrivons enfin au pied du monastère,
Construit sur un plateau, chétif morceau de terre
Aux rochers accolé, dans un angle rentrant,
Par miracle sauvé des fureurs du torrent.
Avide, curieux de voir ces lieux célèbres.
J'avance pas à pas, presque dans les ténèbres.
Au milieu d'une cour je me trouve d'abord;

Voilà, dis-je, le cloître, ou je me trompe fort.
Sur les côtés je vois colonnes, galeries,
Que n'a pu dévorer le feu des incendies.
On voit que dans ces lieux la dévastation
Naguères exerça sa funeste action.
   Je traverse un portique, une cour solitaire.
Je parviens au portail et j'entre au sanctuaire
Où d'illustres guerriers, d'augustes pélerins,
Méditant une guerre ou de vastes desseins,
Demandaient à la Vierge, en échange d'offrandes,
D'appuyer, de bénir leurs entreprises grandes.
   Un jour [1], à ce pilier, Ignace Loyola,
Accrochant son armure, imagina, rêva
Le projet gigantesque, inouï, chimérique
De soumettre le monde au joug théocratique.
   Alexandre et César ont fait un vain effort
Pour vaincre l'univers : plus adroit et plus fort,
Le soldat de Jésus, humble et simple manœuvre,
Osera commencer et consommer cette œuvre.
   Dans les ombres d'un cloître on ne le verra pas
User son énergie, ankyloser son bras.
Pour lutter il lui faut d'autres champs de bataille :
Le roi, comme le gueux qui couche sur la paille,
Seront enveloppés dans le même réseau,
Réseau qui captivant le plus petit oiseau,
Selon les temps, les lieux, s'étend ou se resserre,
Et qu'un jour on verra couvrir toute la terre,
Étreignant tout pouvoir, même le Vatican.
   Pour réussir en tout, il faut d'abord un plan ;
Pensons-y, se dit-il : pour soutenir l'Église,

----

[1] Le 24 mars 1522.

Quel corps assez puissant faut-il que j'organise?
C'est peu que les couvents et leur morte action ;
C'est encore trop peu que l'inquisition.
L'abus de ces moyens sapera leur puissance,
Et devra provoquer bientôt la résistance
Qui les engloutira ; Rome alors sans soutien
Tombera dans l'oubli, dans un mortel dédain.

Il faut un corps plus souple, audacieux, timide,
Attaquant et fuyant, ainsi que le Numide,
Au moment du danger ; revenant au combat,
Quand l'ennemi s'en va, se repose ou s'ébat ;
Sachant se reformer en compacte phalange
Pour frapper un grand coup ; résigné comme un ange,
Subir de longs exils ; et, dans des jours meilleurs,
Sachant s'éparpiller en adroits tirailleurs
Pour regagner sans bruit les postes redoutables
D'où les auront chassés des puissances damnables.

Il faut donc, se dit-il, de nouveau se signant,
Que ce corps éternel soit un ordre enseignant,
Tour à tour éclipsant ou versant la lumière,
Pouvant parler à tous, debout, dans une chaire ;
Pour le riche exerçant l'emploi de professeur,
Pour le pauvre celui de saint prédicateur.

Ces deux points obtenus, si je ne perds la tête,
De l'univers entier nous ferons la conquête.
Nous deviendrons d'abord les confesseurs des rois ;
Dignités et trésors, grâces, bourreaux, emplois,
Tout sera dans nos mains, non pour nous mais pour tendre
Aux vulgaires esprits un appât, pour étendre
Nos pouvoirs infinis sur tout être, en tous lieux,
Solder le délateur, punir l'audacieux,
Plonger dans un cachot la voix indépendante

Menaçant et frondant notre humeur conquérante.
Tous les moyens sont bons pour qui n'a d'autre but
Que d'assurer à tous le ciel et leur salut.

Des princes, dans nos rangs, nous aurons les maîtresses,
A qui nous passerons leur mondaines faiblesses.
Par ce canal, grand Dieu! que d'argent, de faveurs
Pleuvent sur nos soldats et sur nos racoleurs!
D'autres bons tours encor montrent notre génie:
Nous saurons à propos exploiter l'agonie
D'un avare expirant; en exprimer de l'or,
Quand à peine sa voix se fait entendre encor.

Nous produirons aussi de savants casuistes
Que nous opposerons aux plus doctes légistes:
Ils prouveront aux rois qu'il est de certains cas
Où sans crime l'on peut leur donner le trépas;
Et comme, pour grossir les rangs de nos complices,
Nous devons nous résoudre aux plus grands sacrifices,
Nous promettrons le ciel aux cœurs les plus pervers:
Amis, en paradis! ennemis, aux enfers!

Pour nos chauds partisans on sera peu sévère;
On n'exigera pas un repentir sincère,
De respectables mœurs, de bonnes actions,
Non: un signe de croix, des génuflexions,
Psalmodier le soir quelques dévots cantiques,
Parfois communier; ces petites pratiques
Nous suffirons toujours, désarmeront nos mains,
Et tous nos pénitents seront autant de saints.
Sur la foule crédule, ah! que cette indulgence
Nous donnera bientôt une grande puissance!

Ce n'est pas tout encor: pour bien s'organiser,
Il ne faut pas qu'un seul puisse paralyser
L'effort du corps entier; et pour cela que faire?

Voyons, réfléchissons, dénouons ce mystère.
Le moyen, le voici : de la société
L'unique loi sera d'un seul la volonté.
Obéissance aveugle à l'unité suprême !
Renoncement complet à tout comme à soi-même !
Tous les membres soumis à ce supérieur
Seront comme un bâton aux mains du voyageur.
Chaque membre sera l'espion de son frère,
Le surveillant le jour, la nuit, dans sa prière ;
Épiant ses discours, son geste, son regard ;
Le dénonçant au chef, s'il pèche par hasard.
    Enfin, pour que nul être à notre joug n'échappe,
Le général sera le conseiller du pape.
    Au sein de ces rochers, sur cet étrange mont,
Immobile et pensif, et la sueur au front,
Sur ce marbre à genoux, sous l'œil de cette Vierge,
D'un noir luisant d'ébène, où toujours brûle un cierge,
C'est ici même, là, qu'un esprit exalté,
Qu'un jeune homme fougueux, au délire porté,
Conçut, élabora la coupable pensée,
Nourrit et caressa l'espérance insensée
D'abrutir, d'asservir toute l'humanité ;
Par quels moyens ? — au nom de la Divinité !
    Ces pensers m'absorbaient quand le son de la cloche
Plusieurs fois répétés par l'écho de la roche,
Aux croyants annonça la prière du soir ;
Quelques cierges de plus me font beaucoup mieux voir
La beauté, les détails, l'ampleur de l'édifice.
    Si j'étais romancier, je mettrais au supplice
Mon indulgent lecteur : je lui raconterais
Les moindres incidents, et je lui décrirais
Les pieds, les mains, les doigts et l'enfant de la sainte,

Jusqu'aux plis de sa robe et de sa peau la teinte ;
Je lui peindrais aussi la pompe des autels,
Les couleurs des vitraux, la foule des mortels
Prosternés dans le temple attendant un miracle ;
J'ajouterais encore à ce touchant spectacle
Les mots savants, ronflants, d'ordre corinthien,
Et d'abside et d'ogive, et d'ordre ionien,
Ressource des auteurs à quatre sous la ligne :
De ces descriptions je me déclare indigne.

Je dirai que les murs, naguère encor noircis
Des feux de l'incendie, ont été reblanchis ;
Mais adieu pour toujours à ces voûtes dorées,
Aux colonnes jadis richement décorées.
Il ne subsiste plus que les grands souvenirs
D'un splendide passé, des glorieux martyrs,
Et de ces pélerins, porteurs d'une couronne,
Empereurs d'Occident, comtes de Barcelonne,
A pied venant offrir les plus riches cadeaux,
L'or et les diamants, les joyaux les plus beaux,
A la mère de Dieu, Vierge de la montagne,
Fière d'en imposer à tous les grands d'Espagne.

J'entends donc commencer la prière du soir ;
Dans ce temple désert il faisait presque noir ;
On voyait y siéger quatre-vingt-dix chanoines
Dans des temps fortunés ; mais aujourd'hui neuf moines
Desservent le saint lieu. Des cantiques, des chants
S'exhalent vers le ciel ; d'harmonieux accents
Accompagnés de l'orgue, à l'oreille attentive
Paraissent ravissants, rendent l'âme captive.

Quel cœur est insensible au charme de la voix
Qui d'un temple sacré va frapper les parois ?
J'étais ému, rêveur : je lisais dans l'histoire ;

De grands faits, de grands noms s'offraient à ma mémoire,
Dans ces célèbres murs, guerriers et souverains
Se sont montrés jadis en simples pélerins :
Vainqueurs du Musulman, Ferdinand, Isabelle,
Joyeux d'une victoire aussi grande, aussi belle,
Sont venus rendre grâce à cette Vierge, à Dieu.
L'empereur Charles-Quint, onze fois dans ce lieu
Visita cette Vierge, et rêva des conquêtes,
Du haut de ces rochers dominant les tempêtes.
Dans ce cloître il apprit par un ambassadeur
Qu'il pouvait se parer du titre d'empereur,
Et c'est peut-être ici que, rentrant en lui-même,
Il conçut le projet d'offrir le diadème
A Philippe, son fils, et d'aller au couvent
Terminer sa carrière en dévôt pénitent.
  Je me disais : ces lieux sont pleins de poésie ;
S'il me prenait un jour la triste fantaisie
De devenir un moine, ici, sous ce rocher,
Je viendrais m'engloutir, méditer et chercher
Non bonheur, mais repos, loin du fracas du monde,
Loin des sots, des fripons, dans une paix profonde.
  Le lendemain matin, d'un guide précédé,
Gravissant les rochers, de fatigue excédé,
Non sans peine j'arrive au pied des pyramides,
Dont les troncs élancés, dont les faces livides,
Au loin dans la campagne inspirant la terreur,
Frappent d'étonnement les yeux du voyageur.
A peine de ces monts j'avais atteint la crête,
Que pour mieux voir au loin un instant je m'arrête.
  Je vois le Llobregat en tortueux cordon
Glisser aux pieds des monts ; je vois à l'horizon
Ce lac européen dont les ondes dorées

Enfantèrent Vénus, cette mer sans marées,
Sur laquelle ont erré Télémaque et Mentor,
Cherchant le sage Ulysse, et non des mines d'or.

Ce qui frappe surtout mon âme tout émue,
Ce qui presque m'attriste et chagrine ma vue,
C'est que je cherche en vain, pour reposer mes yeux,
Un verdoyant vallon, un bois mystérieux,
Une prairie, un parc, un champ vaste et fertile,
Un manoir élégant et d'un accès facile,
Conçu, formé, construit avec art, avec goût.
La vigne et l'olivier, des ravins voilà tout.

Autour de moi je vois un néant qui m'étonne :
Rien ne frappe mes yeux que l'aspect monotone
D'un terrain tourmenté par les explosions,
Par le foyer central, par les convulsions
Que jadis éprouva notre infime planète.

Figurez-vous la mer en proie à la tempête,
Ses flots bouleversés, fortement agités,
Et supposez encor qu'à l'instant arrêtés,
Ces flots pétrifiés vous présentent l'image
D'un sol presque désert, morne, presque sauvage,
Parsemé d'oliviers ; tel est l'étrange état
Des pays situés autour de Monserrat.
A peine existe-t-il quelques rares vestiges
D'un parage habité ; de l'art aucuns prodiges.
On aperçoit au loin Igualade, Olesa,
La route de Madrid, Sabadell, Manresa ;
Point de ces oasis, de ces jolis villages
Entourés de ruisseaux, de fraîcheur et d'ombrages.

Il est vrai que l'hiver n'est pas une saison
Où tout se peint en beau dans un vaste horizon.
Le peintre, le poète, en face d'un spectacle,

Ne remplira jamais le rôle d'un oracle :
Il peindra les objets qu'il trouve sur ses pas,
Qui frappent ses regards, non ceux qu'il ne voit pas.
　　Pour avoir de ces lieux des images moins tristes,
Attendez le printemps, attendez les touristes
Quittant le coin du feu quand le soleil est haut,
Quand verdissent les champs et que le temps est chaud.
Ils vous feront peut-être une belle peinture
Des lieux où je ne vis qu'une triste nature.
　　Et cependant frappé de tout ce que j'ai vu,
Du pays que j'habite heureux d'être accouru,
Et d'un mont escarpé d'avoir franchi l'obstacle,
Je ne me lasse pas d'admirer le spectacle
Qu'aux regards étonnés offrent ces mamelons
A la file rangés, géants pointus et ronds,
Énormes pains de sucre écornés par la foudre,
Que l'eau tombant du ciel n'a jamais pu dissoudre.
Puis au pied de ces pics, un sol sec et pierreux
Balayé par les vents, des abîmes affreux
Où l'œil avec effroi se hasarde et se plonge,
Des rocs si monstrueux qu'on croit que c'est un songe ;
Çà et là des réduits dans le creux des rochers,
Que l'on ne peut franchir qu'après mille dangers,
Réduits tout dévastés, antiques ermitages
Où vinrent méditer quelques ermites sages,
S'éloignant des brigands qui pullulaient alors,
Et pour monter au ciel martyrisant leurs corps ;
Puis enfin, sur le flanc de la montagne sainte,
A vos regards surpris se présente l'enceinte
D'un couvent, par les rocs soigneusement caché,
Comme un aigle en son aire étroitement niché,
Couvent fameux, célèbre, où têtes couronnées,

Guerriers sans peur chargés de lauriers et d'années,
Se sont humiliés, prosternés devant Dieu.

Tant de grands souvenirs évoqués par ce lieu,
L'étrangeté des pics qui couronnent la cime
De cette âpre montagne, effrayante et sublime,
Tant de magiques faits, tant d'objets curieux
Exposés à la fois à l'esprit comme aux yeux,
Cet ensemble imposant charme et transporte l'âme,
Fait courir dans vos sens une rapide flamme,
Qui, chez les uns, s'exhale en cris d'étonnement,
Et chez d'autres produit un saint recueillement.

Je m'explique très-bien que des hommes d'élite,
En face de tels faits, d'un tel mont, d'un tel site,
S'émeuvent fortement, éprouvent le besoin
D'exprimer leurs pensers et de répandre au loin
Leurs regrets, leurs désirs, leurs secousses morales,
Quand leur cœur sert d'écho à ces voix sépulcrales,
Rappelant un passé grand et mystérieux
Des actes importants, graves, religieux.

Je comprends qu'on recueille un précieux vestige,
Qu'on dise une légende, un miracle, un prodige,
Et qu'on exalte aussi les moines, les couvents,
Pour services rendus dans de malheureux temps ;
Pour avoir conservé sous leurs toits monastiques
Des Grecs et des Romains les monuments antiques,
D'Homère quelques chants, les œuvres de Platon,
Les écrits de Virgile et ceux de Cicéron ;
Pour avoir recueilli la jeune et noble fille
S'immolant pour grandir l'aîné de la famille.
Car on en voit bon nombre oser prétendre encor
Que ces siècles d'erreurs étaient des siècles d'or.

Que si beaucoup plus loin on porte le délire ;

Si par de tels regrets je vois que l'on aspire
Au rétablissement des vœux perpétuels,
Qui pour toute la vie enchaînaient les mortels,
Les clouaient, les parquaient sous la voûte d'un cloître
Je sens battre mon cœur et ma verve s'accroître.

Écrivains, avant tout, soyez de votre temps :
Chantez si vous voulez les moines, leurs couvents ;
Racontez leur splendeur, leur éclat, leur puissance ;
Chantez aussi leur luxe et leur magnificence,
Mais pour les enterrer ; — pour les ressusciter,
Jamais ; autant vaudrait follement regretter
L'emploi des vieux moyens, l'usage de la rame,
De la mer en fureur pour surmonter la lame ;
Le stylet des anciens sur la cire traçant
De sublimes écrits, par le temps s'effaçant,
Alors que nous avons la vapeur et la voile,
L'infaillible boussole en place d'une étoile,
Pour diriger nos pas sur une vaste mer,
Alors que nous pouvons, grâce au grand Gutenberg,
Produire en un instant des milliers d'exemplaires
De livres instructifs répandant la lumière.

Les scribes, les rameurs furent des instruments
Utiles, précieux, dans les antiques temps ;
De nos premiers progrès ils ont eu les prémices ;
A l'homme ils ont rendu de notables services ;
Envers eux montrons-nous justes, reconnaissants,
Tout en rendant hommage aux moyens plus puissants
Qui les ont remplacés, qui, d'un pas plus rapide,
Poussent l'humanité vers une ère limpide,
Que ne souilleront plus de cruelles horreurs,
Filles de l'ignorance et des vieilles erreurs.
Du passé célébrons tous les faits honorables,

Mais flétrissons aussi les actes exécrables.

Qui de nous n'a pas su que c'est Philippe deux,
Le fils de Charles-Quint, plus dévot que pieux,
Qui dans toute l'Espagne éteignant les lumières,
Fit dresser des bûchers, fonda des monastères,
Et qu'il fit tout plier sous le joug monacal?
De ce règne de plomb, de ce règne fatal
Date l'abaissement, date la décadence
D'un pays autrefois fameux par sa vaillance,
Et plus illustre encore par ses hommes lettrés,
Ses poètes féconds, ses auteurs non cloîtrés.

Ce pays, qui jadis était presque un modèle,
Qu'est-il donc devenu sous la sombre tutelle
Et des inquisiteurs et des rois de couvents?
Ce que, sachez-le bien, en tous lieux, en tous temps
Deviennent les pays qu'un sommeil léthargique
Livre sans défenseurs au joug théocratique.
Pour les assujétir à ce joug sans retour,
Nul écrit, nul auteur ne peut se faire jour.
De leurs humbles sujets l'ignorance profonde
Donne un muet empire à ces maîtres du monde.

Pour réparer le temps que l'Espagne a perdu,
L'enseignement partout doit être répandu.
Il faut, dans les emplois, que l'homme de mérite
Remplace l'homme inepte et le zèle hypocrite.
Ne cherchez pas ailleurs les moyens de parer
Aux maux que vous craignez, et de régénérer
Un peuple autrefois grand, portant encor des germes
De grandeur, si des mains intelligentes, fermes
Le gouvernent un jour. Ce moyen est certain ;
Seul il pourra lui faire un plus heureux destin.

Laissons dormir en paix, dans la tombe récente

Des moines gris ou blancs, la fougue intolérante.
Sur ce grave sujet j'ai longtemps médité :
Pour le progrès des arts et de l'humanité,
La milice cloîtrée eût dû cesser de vivre
Le jour où Gutenberg montra son premier livre.
  Il est des écrivains orthodoxes, pieux,
Pourvus de sentiments vrais et religieux ;
J'estime leur talent, j'honore leur mérite.
Je les crois convaincus ; j'ai foi dans leur conduite.
  Mais il en est aussi dont les plans calculés
Se sont à mes regards sans peine révélés.
Sans croire, ils ont passé la moitié de leur vie,
Les uns dans les boudoirs, les autres dans l'orgie ;
Avant que d'être vieux leurs jours se sont usés ;
Sur les plaisirs mondains ils se disent blasés ;
Bientôt leur cœur est vide aussi bien que leur bourse,
Ils sont sur le pavé, sans argent, sans ressource.
On les voit, un matin, venir les bras en croix
Trouver un confesseur et lui dire : Je crois.
Mon esprit aussitôt devine leur histoire :
Sur tel ou tel miracle écrivez un mémoire,
Leur a dit un cafard, à l'affût de tous ceux
Qu'on voit tendre la main, des auteurs besogneux,
La veille rédigeant des écrits démagogues,
Aujourd'hui convertis, roucoulant des églogues
Pour la vierge des monts, les martyrs de la Foi,
Et pour les pélerins et pour je ne sais quoi.
  Votre conversion produira des merveilles,
Ajoute le cafard ; et pour prix de vos veilles
Vous vous verrez comblés des faveurs du pouvoir,
Caressés, protégés, soldés par l'encensoir.
  Tel est, pour la plupart des auteurs qu'on enrôle,

Le moteur principal qui leur dicte leur rôle.
Le dévôt, dans son cœur, les admire et les craint ;
Le public éclairé les méprise et les plaint.

Je suis indépendant ; aucune cotèrie
Ne pourrait se flatter d'influer sur ma vie,
De diriger mes pas, de dicter mes écrits.
Ce que je pense et vois je le dis et l'écris.
Je crois que je dis vrai ; je suis meilleur prophète
Que tous ces inspirés, que cet anachorète
Qui, solitaire, vit dans le creux d'un rocher,
Qui n'a jamais vécu fort loin de son clocher,
Et dont l'isolement exalte, égare l'âme :
Ils ont aperçu Dieu dans un buisson de flamme,
Et Dieu leur a parlé, disent-ils un beau jour ;
Et ce prodige émeut les peuples d'alentour.

Quant à moi, je n'ai vu ni le Fils, ni le Père,
Ni le Verbe incarné, ni de Jésus la mère ;
Aucun d'eux n'est venu la nuit m'entretenir.
Toutefois, je prétends lire dans l'avenir.

Cent siècles m'ont parlé ; de nombreuses peuplades
Ont passé sous mes yeux ; quelques-unes nomades
Et d'autres présentant à différents degrés
Des groupes de mortels plus ou moins éclairés,
Et bientôt j'eus compris leur espoir et leur crainte,
Leurs besoins et leurs vœux, leur souffrance et leur plainte,
Et le son des clairons préludant aux combats,
Et le vent du désert et l'écho de l'Atlas,
Les sifflements aigus des vagues déchaînées,
La voix de Monserrat, la voix des Pyrénées,
L'écho de la tribune et l'écho de la cour,
Les grands et les petits me parlant tour à tour,
Le spectacle frappant de vingt champs de bataille

Et les bouches d'airain vomissant la mitraille ;
Ces échos et ces voix mille fois entendus,
Dans mon esprit rêveur ensemble confondus,
Sont pour mon cœur ému comme la voix divine
Qui m'éclaire et me parle, et font que je devine
Et le sort de ce monde et le sort des humains,
Et que je tiens ouvert le livre des destins.
    Je dis à l'opprimé : Tu deviendras plus libre ; —
A l'ignare, je dis : Va sur les bords du Tibre
Demander à genoux le pouvoir d'ergoter,
Le droit de raisonner, de penser, de douter.
    Aux cœurs impatients du joug qu'on leur impose,
Repoussant les moyens prudents qu'on leur propose
Pour gagner, conquérir un peu de liberté,
Voulant en un seul jour que tout soit emporté,
Je dis : Je connais bien vos cœurs droits, vos lumières ;
Mais à côté de vous sont des auxiliaires
Aux appétits grossiers, qui, loin de rassurer
Les esprits prévoyants, sont faits pour inspirer
Le dégoût, la terreur. Un jour, s'ils sont les maîtres,
Ils vous dépasseront et deviendront des traîtres,
Dissimulant leurs plans, jaloux du bien d'autrui,
Muets, rampants hier, et tyrans aujourd'hui.
Croyez-moi, joignez-vous plutôt aux esprits sages,
D'un trop prompt changement redoutant les orages,
Voulant que les progrès s'obtiennent pas à pas,
Et sans avoir recours à de sanglants combats.
    Au chevalier fidèle à l'antique bannière,
Qui veut, loin d'avancer, faire un pas en arrière,
Je dis : Vous évoquez des temps qui ne sont plus ;
Ne vous épuisez pas en regrets superflus.
Tous, soyons les enfants d'une même patrie ;

Ecoutez dans les airs cette voix qui vous crie :
« Oracles sibyllins, cachots, droits féodaux,
« Miracles, esclavage, inquisiteurs, bourreaux,
« Monarques absolus, statuts jésuitiques,
« Augures et sorciers, enfers, vœux monastiques,
« Ces noms révélateurs d'innombrables abus,
« Un jour on les verra cloués et suspendus
« Aux murs d'un panthéon ou d'un conservatoire,
« Pour servir de jalons au burin de l'histoire,
« Pour rappeler à tous l'instructif souvenir
« D'un douloureux passé qui ne peut revenir ;
« Et pour montrer enfin à nos races futures
« Les épreuves, les maux, les cruelles tortures
« Qu'ont subis leurs aïeux pour proclamer leurs droits,
« Museler les tyrans et se donner des lois.
     « Ces lois, ces libertés, ces civiques franchises,
« Au prix de tant de sang péniblement conquises,
« Pourront bien quelquefois un instant s'éclipser
« En des jours de danger, mais jamais s'effacer,
« Jamais s'anéantir. Un pur patriotisme
« Maîtrisant, flétrissant la peur et l'égoïsme,
« Subsistera toujours dans le cœur des Français,
« Couvera dans leur âme, et ne voudra jamais
« Qu'on leur ravisse un bien que leurs valeureux pères
« Ont chèrement payé de leurs sanglantes guerres. »
     Ces méditations et ces élans du cœur,
L'aspect de Monserrat les suggère au penseur
Avide de savoir, qui jamais ne repose,
Et d'un effet qu'il voit veut pénétrer la cause.
     Notre globe est couvert de ces difformités
Que l'on peut appeler des monstruosités,
Dont l'aspect effrayant nous étonne et nous glace.

Tantôt c'est un volcan, c'est une mer de glace,
Tantôt une forêt où sifflent les serpents ;
Un grand désert peuplé de lions rugissants,
Ou des rochers couverts de neiges éternelles
Parquant les nations, établissant entre elles
Un obstacle invincible, impossible à franchir.

Tout homme en conviendra, s'il daigne y réfléchir :
Les volcans presque éteints s'en vont l'un après l'autre ;
Aux pôles, nos marins guident plus d'un apôtre ;
Dans les vastes déserts on ose pénétrer,
Et les lions à peine osent-ils s'y montrer ;
La forêt vierge expire, offrant à la charrue
Un sol riche et fertile, un terrain qu'on remue,
Et d'où l'on fait surgir d'abondantes moissons ;
Les nations enfin sortent de leurs prisons ;
Le roc pulvérisé, la roche fracassée
Donne un libre passage à la route tracée
Par le génie humain ; nous verrons la vapeur
Qui franchit tout obstacle et qui de rien n'a peur,
Bientôt se faire jour à travers les entrailles
Des monts pyrénéens et percer leurs murailles
Pour unir deux pays, et relier entre eux
Deux peuples commerçants, deux peuples généreux.

Il est donc démontré que dans l'ordre physique
La monstruosité devient moins tyrannique,
Et que le bras de l'homme avec art dirigé
Et guidé par Dieu même, a contraint, obligé
Les monstres à plier sous les efforts d'un maître.

L'ordre moral de même, on doit le reconnaître,
Eut son affreux chaos, ses monstruosités,
Et nous avons encor bien des difformités,
D'aveugles préjugés, de brillantes folies,

D'égoïstes instincts, d'absurdes utopies
A faire disparaître, à réduire au néant,
Pour que le genre humain devienne noble et grand.

Jadis on vit offrir des victimes humaines
Au démon des combats ; puis des énergumènes,
Sur la place publique, environnés d'archers,
Pour la gloire de Dieu, rôtir sur des bûchers
L'hérétique entêté, ferme dans sa croyance.
A Rome l'on vendit la grâce et l'indulgence.
On put empoisonner moyennant certain prix,
Et s'assurer encore d'aller en paradis.
Il était monstrueux que le chef de l'Église
S'arrogeât le pouvoir de donner à sa guise,
Ou d'ôter la couronne à tel prince, à tel roi,
Et qu'un prince à lui seul fît et défît la loi.
Comment, dans l'ancien temps, rendait-on la justice ? —
Le droit appartenait au plus fort dans la lice.
La monstruosité se montre à chaque pas ,
Et si je disais tout je n'en finirais pas.

D'autres énormités sur quelques points du monde,
Dans les lieux encor pleins d'ignorance profonde,
Font peser leurs rigueurs sur les faibles mortels.
Ces abus, quoique vieux, ne sont pas éternels.
On le sait : il ne faut qu'un rayon de lumière
Pour que le genre humain s'émancipe et s'éclaire.
Qui hâtera ce jour ? Ce n'est ni moi, ni vous :
Ce bien ne peut venir que des efforts de tous.

Devons-nous espérer qu'un sage ou qu'un grand homme
Régnant dans les palais de Paris ou de Rome,
Tout à coup inspiré par un souffle divin,
Fera pour son bonheur celui du genre humain ?
L'histoire offre à nos yeux de semblables exemples :

Les Titus, les Trajan méritèrent des temples ;
La France eut Charlemagne et de grands souverains.
Mais, hélas ! ces héros n'ont produit que des nains
Dont les bras impuissants, loin d'achever l'ouvrage
Habilement conçu par un monarque sage,
Pour le consolider n'ont fait aucun effort.
Lorsqu'un grand roi succombe, avec lui tout est mort.

    Voir surgir au pouvoir et siéger sur le trône
Un roi digne en tous points de porter la couronne,
C'est un événement dont il faut profiter,
Mais qui ne suffit pas pour toujours éviter
Les dangers permanents causés par l'ignorance
D'un grand nombre d'humains, par leur imprévoyance
Qui les rend chaque jour les dupes des fripons,
Les passifs instruments d'ambitieux brouillons.

    Est-ce trop demander que chaque homme s'instruise,
Qu'il sache réfléchir, qu'il calcule et qu'il lise?
Et que dans son jeune âge, au lieu de mendier,
Il siége sur les bancs en docile écolier?

    N'est-ce pas pour la France une honte, une tache,
Que de tous ses enfants bien plus d'un quart ne sache
Épeler un seul mot, faire une addition ? —
Et la France est, dit-on, la grande nation !

    Instruisez, croyez-moi, le travailleur des villes
Et l'ouvrier des champs : ce sont des gens utiles
Qui le seront bien plus, sachant lire et compter.
Ce bienfait désiré devra moins vous coûter
Que d'instruire à grands frais, dans un vaste collége,
Des enfants de commis que la faveur protége.
Sans doute on produira moins de prose et de vers,
Moins d'ennuyeux romans, moins de drames pervers ;
Et même il se pourra qu'une infime planète,

Dans quelque coin des cieux échappe à la lunette
De nos observateurs devenus moins nombreux :
Nous aurons moins d'auteurs et moins d'ambitieux.
Nous aurons en revanche un peuple doux, affable,
Sobre, laborieux, économe et traitable,
Comprenant ses devoirs, entendant la raison,
Lorsqu'un épais nuage assombrit l'horizon.

Visitez, parcourez l'Écosse et la Suède :
Le pouvoir n'a besoin d'appeler à son aide,
Dans ces climats si peu favorisés des cieux,
Ni sbires, ni soldats pour cris séditieux.
Un peuple sage, instruit, sait calculer d'avance
Ses moyens d'exister ; dans les temps d'abondance,
Il sait se ménager, s'assurer, s'amasser
Un secours suffisant qui lui fait traverser
De mauvais jours créés par la maigre récolte ;
Sans doute il souffre un peu ; mais jamais de révolte.

Que fait-on pour cela ? — Lorsque les noirs frimats
De glaçons ont couvert ces malheureux climats,
L'école dans son sein reçoit toute l'enfance,
Même les jeunes gens jusqu'à l'adolescence.
Loin de s'en éloigner, loin de s'en exempter,
On les voit chaque jour en foule s'y porter.

Après six mois d'hiver, on ferme les écoles,
Et le peuple se livre aux travaux agricoles.
L'enseignement primaire est partout gratuit,
Pour tous indispensable, et non pas fortuit.
Celui qui peut et veut suivre une autre carrière
A ses frais se procure un peu plus de lumière.
Dans ces pays glacés, ce moyen tout puissant
Fait qu'on ne trouve pas un ignare sur cent.

Bien vite on obtiendrait ce résultat en France,

Si le pouvoir rendait cette sage ordonnance :
« Est soldat de plein droit tout jeune homme illettré.»
(En fixant du savoir un modéré degré.)
Vivre en société, s'entr'aider, se défendre
Des pièges du fripon, aimer et bien comprendre
Ses devoirs et ses droits, se plier aux travaux
Pour fuir l'oisiveté, pour se soustraire aux maux
Que traînent après eux le besoin, la misère;
Voilà tout ce que Dieu de l'homme voulut faire,
Quelles que fussent d'ailleurs et sa religion,
Sa race, sa croyance et sa profession.
Pour atteindre ce but, il faut que l'ignorance
Se dissipe au flambeau qui doit guider l'enfance.
Exécutons de Dieu cet ordre souverain ;
Si l'on souffre qu'un père, en citoyen romain,
Anéantisse un fils de sa main parricide,
L'autorité commet un honteux suicide.
Ne permettons jamais que d'aveugles parents
D'aucun de leurs enfants fassent des ignorants.
Complétement admis, ce généreux système
Brave tous les frondeurs, se soutient de lui-même.
Le plus pauvre ouvrier sait écrire et compter,
Et ne se laisse plus souvent escamoter
Les fruits de ses travaux ; avec lui plus traitable,
Le marchand n'obtient plus qu'un profit raisonnable.
Les jongleurs, les fripons, les vendeurs à faux poids
Disparaissent bientôt sans le secours des lois.
Des dupes en effet réduire le grand nombre,
C'est promettre aux voleurs un avenir plus sombre.
Sachant mieux calculer, sobre, vivant de peu,
Fuyant les cabarets, les spectacles, le jeu,
Le travailleur se fait aimer de sa famille;

La mère plus instruite élève mieux sa fille.
En s'élevant ainsi, les rangs inférieurs
Agissent sur les mœurs des rangs supérieurs ;
Le bourgeois, le rentier, avec plaisir contemple
Un peuple d'ouvriers qui lui donne l'exemple
De toutes les vertus ; et les grands à leur tour,
Frappés de ce spectacle et voyant au grand jour
Les effets inouis, le résultat pratique
D'un plan qui jusque-là leur semblait chimérique,
Changent de mœurs aussi ; mais ce sont les derniers,
Eux qui voudraient en tout paraître les premiers.
    Le bien qui se ferait ainsi de l'homme à l'homme,
S'opérerait plus tard de royaume à royaume.
    Les mortels de tous rangs et de tous les états
D'honnêtes qu'ils étaient deviendraient délicats,
Quelque chose de plus que simplement honnêtes ;
S'indignant des détours, des ruses, des défaites
Inventées pour nier un devoir à remplir,
Une promesse, un vœu que l'on doit accomplir ;
S'effrayant du soupçon de ravir une obole
Au riche comme au pauvre ; ornés d'une auréole
D'honneur et de pudeur, d'exquise probité,
La reine des vertus après la charité ;
Ne voulant pas d'un bien produit de l'équivoque.
    Nous sommes encore loin de cette heureuse époque ;
Ce meilleur avenir, je ne le verrai pas,
Quand même il s'agirait de ne faire qu'un pas.
    Ce pas, ce dernier pas est des plus difficiles
A traverser pour nous ; le pas des Thermopyles
Aux Perses n'offrit pas plus de difficultés.
De quoi s'agit-il donc ?... De rien, des vanités
Qui, desséchant les cœurs, tournant toutes les têtes,

Autour d'un noir cercueil, autant qu'au sein des fêtes,
Sous le chaume et l'ardoise étreignant les humains,
De géants qu'ils seraient, en font encor des nains.

Je puis appeler *rien* d'orgueilleuses sottises,
De hautains préjugés, de fades mignardises,
Qui causent aux mortels d'éternels embarras,
Des peines, des tourments, que ne comprennent pas
Ceux qui, sages témoins de tant d'actions folles,
Se contentent d'en rire, et haussent les épaules.

Je puis appeler *rien* ce ballon tout gonflé
Et d'envie et d'orgueil, que l'enfer a soufflé.
Et cependant ce *rien* est hérissé d'épines ;
Il a dans bien des cœurs de profondes racines.
C'est un Protée adroit, c'est un caméléon
Qui sur tout et toujours prétend avoir raison.
Du nom pompeux de luxe en vain il se baptise ;
Le monstre est reconnu, si bien qu'il se déguise.
Certes, sous cette forme il fait quelques heureux,
Mais n'en cause pas moins des ravages affreux.
Nul ne peut calculer les honteux sacrifices
Qu'il impose aux humains soumis à ses caprices.
D'un père encor vivant, le fils au cœur impur
Transmet à l'usurier l'héritage futur.
L'époux ambitieux trafique de sa femme ;
Et la femme à son tour ne craint pas d'être infâme
En troquant son honneur contre des diamants.
Le juge même aussi fait de ses jugements
Un ignoble trafic, oubliant que Cambyse
Trouvant un juge inique, au même instant s'avise
De l'écorcher tout vif et de dire à son fils :
Au fauteuil de ton père à présent reste assis ;
Plus que lui montre-toi d'une justice austère.

Car le cuir de ton siége est la peau de ton père !
Supplice en harmonie avec la sainte horreur
Qu'inspire à l'honnête homme un juge sans honneur,
Qui, loin de protéger le bon droit, l'innocence,
Les frappe pour complaire à l'injuste puissance.
Cette fièvre de luxe est fatale aux états,
Quand son souffle empesté s'attache aux potentats.
Sous le prétexte vain d'activer les fabriques,
D'attirer les chalands dans toutes les boutiques,
Il faut aux employés d'énormes traitements,
Gratifications, somptueux logements,
Tout ce qu'il faut enfin pour porter avec grâce,
Largement, dignement le fardeau de leur place.
De ruineux impôts frappent le laboureur ;
Qu'il coule de son front un peu plus de sueur ;
Qu'accablé de travaux, il meure de misère ;
Que le défaut de bras pour cultiver la terre,
Pour creuser le torrent qui détruit la moisson ,
Pour opposer un frein au meurtrier poison
Qui frappe le raisin, pour créer un système
Qui fertiliserait jusqu'au désert lui-même,
Nivelant les terrains, dirigeant les ruisseaux,
Sur tous les points enfin répartissant les eaux ;
Que ce défaut de bras soit le plus grand obstacle
A ce qu'on soit témoin du fabuleux spectacle
Qu'offrirait un pays avec soin cultivé,
Bien planté, bien boisé, savamment abreuvé ; —
Ce sont là, nous dit-on, des objets secondaires,
Qui n'apparaissent grands qu'à des esprits vulgaires.
Il nous faut avant tout une brillante cour,
Un trône éblouissant ; il faut que son séjour
Soit celui des plaisirs, des concerts et des fêtes ;

Il faut surtout des bras pour soigner les toilettes,
Pour broder des habits et pour tisser les schalls
Pour régler, ordonner tous les apprêts des bals.
Il nous faut des valets, des agents de police,
Des verres de couleur et des feux d'artifice.
Il est bon de jeter un peu de poudre aux yeux
Du peuple convaincu que tout va pour le mieux,
S'il voit sous un ciel noir la chandelle romaine
Projeter sur le monde une clarté soudaine.
Il faut de jolis pieds, des chants, des opéras,
Un orchestre ronflant, des pas, des entrechats
Pour dérider les fronts et distraire les têtes
Des grands hommes du jour et de leurs Rigolettes.

Ne vous hasardez pas, le soir, dans un salon,
A fronder ces hochets; -- c'est du plus mauvais ton.
Payer cent mille francs une bonne danseuse!
C'est peu. La capitale est beaucoup trop heureuse
De voir, de posséder à si modiques frais
Un aussi beau talent, d'aussi souples jarrets.

Pour largement pourvoir à tous ces grands services,
L'État doit s'imposer les plus durs sacrifices.
Ces devoirs accomplis, les bras inoccupés,
D'un énorme budget les fonds non dissipés,
L'État s'empressera d'en doter la culture,
Du bonheur des humains la source la plus pure.

La culture!... préfère à tant de beaux discours
Le droit de s'exprimer et des tributs moins lourds.
La culture!... languit sous un prince incapable,
Et s'il est éclairé, devient inépuisable.

Ce luxe, cet orgueil, toutes ces vanités,
Par un pouvoir perfide au grand jour exploités,
Sous des massifs de fleurs ont creusé des abîmes,

Aux cités comme aux champs ont provoqué des crimes,
Dont le spectacle affreux ferait désespérer
De voir le genre humain grandir et prospérer,
Si l'on manquait de foi dans cette providence
Qui veut avec le temps et par l'expérience
Dégager le mortel de ce cloaque impur,
L'arracher pour toujours à cet enfer obscur,
Pour le conduire enfin à la terre promise
Qu'un modéré labeur sans cesse fertilise.

Non, non, ne croyez pas ce discoureur chagrin
Qui ne voit que malheurs, ce sinistre devin
Qui ne sait que prédire horreurs et catastrophes ;
Qui médit des savants, maudit les philosophes ;
Qui dit que nous tournons dans un cercle fatal ;
Qu'on ne peut se soustraire à l'empire du mal ;
Qu'il faut que les mortels restent dans l'ignorance ;
Qu'il faut les abrutir, prolonger leur enfance,
Afin que d'un grand roi l'unique autorité
Leur trace le chemin de la félicité.

De mon livre frondeur salirai-je une page ?
Et dois-je réfuter un semblable langage ?
Non. Le bon sens public a répondu pour moi.
La volonté de tous doit écrire la loi,
Lorsque tous sont pourvus d'assez hautes lumières
Pour parler et traiter de ces graves matières.
Mais il est évident que tous ne le sont pas,
Et qu'on doit préférer, pour régler les États
D'une grande étendue, un mode convenable
D'exprimer tous les vœux de la classe capable
De juger les mortels dignes de figurer
Au corps législatif, et de délibérer
Sur de grands intérêts. Ce principe s'applique

Au prince couronné comme à la république.

On peut dire à présent que nous tenons le fil
Qui conduira le monde à son âge viril.
Les monstruosités physiques et morales
Faisant peser sur nous leurs chaînes infernales
S'effacent et font place à des infirmités,
A de simples travers qui, par nos mains traités,
Disparaîtront un jour. Le torrent qui sillonne
Un pays montueux, le torrent qui bouillonne
De cascade en cascade, et roule avec fracas
Au milieu des rochers, dont les bords sont des tas
De rocs et de débris, attestant le ravage
Que des flots irrités sèment sur leur passage ;
Le torrent qui devient d'autant plus furieux
Qu'il trouve en son chemin d'obstacles plus affreux ;
Ce torrent qui gémit, se tord, frémit, écume,
Qui pour ouvrir la voie en efforts se consume,
Heurtant, limant le roc qui le gêne en son cours,
Toujours se débattant, victorieux toujours,
Croit-on qu'il n'est pas las de vivre de ruines ?
Qu'il se complaît au sein des rocs et des épines ?
Voyez-le dans la plaine, étendu dans son lit,
Savourant le repos ; écoutez ce qu'il dit :
  « Enfin je suis sorti de ces profonds abîmes !
« Sans doute en mon chemin j'ai fait quelques victimes,
« Triste nécessité des éternels combats
« Livrés aux éléments qui suspendaient mes pas.
« Me retenant captif dans leur haute ceinture,
« Réfléchissant leurs traits, leur servant de parure,
« Ces stupides rochers, comme un lac en prison,
« Ont voulu m'enchaîner, m'offrant pour horizon
« Le repoussant aspect de leur face livide.

« Ferme, persévérant, courageux, intrépide,
« Et portant dans mon cœur le consolant espoir
« D'un meilleur avenir, je leur fis bientôt voir
« Que je n'étais pas né pour être leur esclave ;
« Que les plus grands périls, pour celui qui les brave,
« N'arrête pas son bras, s'il veut briser ses fers,
« Et cesser de ramper aux pieds d'êtres pervers.
　　« Ah ! que je m'applaudis d'avoir eu ce courage !
« Grâce à lui, me voilà libre de l'esclavage.
« Je recueille les fruits de travaux infinis ;
« Après avoir souffert, je repose et jouis.
« Paisible, je parcours et j'embellis ces plaines,
« Oubliant mes dangers et mes premières peines. »
　　Contempler ce torrent, c'est voir l'humanité,
C'est voir l'homme au berceau, voir sa postérité.
Au bord de ce torrent, à ce frappant spectacle,
Qui ne se sent raidir en face d'un obstacle ?

　　Tous ces graves pensers roulaient dans mon esprit,
Lorsque je pris congé du géant de granit.
Le temps qui jusqu'alors charmait notre voyage,
Mouilla d'un froid brouillard notre pèlerinage.
Des nuages épais les voilant à nos yeux,
A ces pics je ne pus adresser mes adieux.
J'abandonnai pensif la célèbre montagne
Qu'admire l'étranger, que vénère l'Espagne,
Rêveur et satisfait, fatigué, trempé d'eau,
Vers le déclin du jour j'étais à Collbato.

　　Près d'un large foyer je vois fumer ma cape,
Et l'eau qui, dilatée, en vapeur s'en échappe.

　　C'est alors que notre hôte, et jovial, et causeur,
Nous dit que la montagne, au quart de sa hauteur,
Offrait aux curieux de profondes cavernes,

Qui jadis aux bandits servirent de casernes ;
Et que pour parvenir à ces antres affreux,
Il fallait se suspendre à des cordes à nœuds.
On y voit, nous dit-il, d'énormes stalactites
Montrant aux yeux surpris des tableaux insolites.
Mais peu de voyageurs ont osé pénétrer
Dans ces lieux qu'on ne peut visiter, explorer
Qu'en courant des dangers, qu'en exposant sa vie.
    Pour voir ces raretés je ressens peu d'envie
D'aventurer mes jours, dis-je à notre hôtelier ;
Je cède ce plaisir au bouillant bachelier.
J'ai voulu voir, j'ai vu Monserrat, sa madone ;
On se contente à moins ; je pars pour Barcelonne.

Impr. BÉNARD et Cie, 2, rue Damiette.

www.ingramcontent.com/pod-product-compliance
Lightning Source LLC
Chambersburg PA
CBHW070809260626
47161CB00006B/2221